울엄마
참예쁘다

울엄마
참예쁘다

초판 1쇄 발행 l 2011년 5월 6일

지은이 l 김수복
발행인 l 정숙경
기획 · 편집 l 이건우, 김진만
표지 · 본문 디자인 l 강선욱
표지그림 l 고영희
사진 l 김수복
마케팅 l 정준영
펴낸곳 l 어바웃어북 about a book
출판등록 l 2010년 12월 24일 제313-2010-377호
주소 l 서울시 마포구 서교동 394-25 동양한강트레벨 1507호
전화 l (편집팀) 070-4232-6071 (영업팀) 070-4233-6070
팩스 l 02-335-6078

ISBN l 978-89-965848-3-4 03810

아들을 오빠라 부르는...

울엄마
참예쁘다

김수복 에세이

어바웃어북

어머니의 어머니께

삶이 힘들 때면 가끔 들려오는 어머니의 어머니, 그러니까 외할머니의 말씀이 있습니다. 사람이 죽음을 알면 삶이 오천 배는 더 즐거워진다는 말씀이지요. 언제 어디서 왜 그런 이야기를 들어야 했는지 기억은 나지 않습니다. 외할머니께서 누군가에게 하시는 말씀을 옆에서 듣고 있었다는 것만 어렴풋이 기억할 뿐입니다. 사람이 죽음을 안다는 게 무엇일까요? 알 것도 같고 모를 것도 같은 이 문제를 어떻게 풀어야 할지, 조금씩 철이 들어가면서 저는 늘 목이 말랐습니다.

하루가 다르게 쇠약해져 가는 어머니와 하루 스물네 시간을 거의 함께 지내는 지금에 이르러서야 죽음이 무엇인지 아주 조금은 알 것 같습니다. 이를테면 어머니가 옷을 갈아입혀 줘서 고맙다고 하실 때, 한 번도 아니고 두 번 세 번 연거푸 '고맙다'고 진정 어린 목소리로 말씀하실 때, 저는 어머니를 끌어안고 싶어집니다. 그냥 껴안는 게 아니라 어디가 부서질 만큼 있는 힘껏 끌어안은 채로 마구 몸부림을 쳐보고 싶어집니다.

한 번은 실제로 그렇게 해보기도 했지요. 그런데 생각했던 것보다 그리 큰 위안은 되지 않고 눈물만 나오더군요. 그런데다 어머니는 "아이고 이러지 마시오, 나 좀 살려주시오"하고 공포에 질린 표정으로 애원을 하십니다. 그러면 저는 민망하고 머쓱해져서 다시는 이러지 말자고 혼자 맹세를 하며 어머니를 이부자리 위에 가만히 눕혀 드립니다. 그러면 어머니는 또 말씀 하십니다.

"내가, 죽어서도 안 잊어먹을라요, 이 고마움을……."

죽어서도 안 잊겠다는 어머니의 이 말씀이 저를 숙연하게 합니다. 지난 삼년여 동안 아마 삼천 번은 들었던 것 같은데, 들을 때마다 새로워서 한동안 멍해지곤 합니다. 도대체 죽어서도 안 잊겠다는 이 말씀은 어떤 자신감에서 나오는 것일까요.

그렇습니다. 어머니는 그 어느 때보다 확신에 차 계십니다. 아들은 의심할 필요 없는 오빠이고, 까마득한 과거에 돌아가신 당신의 어머니는 지금 어딘가에 살아 계십니다. 그리고 당신 자신은 아직 옷도 입을 줄 몰라서 아랫도리를 벗고 다니는 아주 작은 소녀입니다. '오빠'가 '소녀'를 안아서 자리에 눕히거나 목욕을 끝낸 뒤에 머리를 말려주고 있을 때 그녀는 또 이렇게 말합니다.

"아이고 우리 오빠, 닭이라도 한 마리 사다 드려야 쓰겠는디."

그러면 저는 슬쩍 장난기가 발동해서 파고들어가 봅니다. 무슨 돈이 있어서 닭을 사 온다는 것이냐고, 돈도 없으면서 거짓말이나 한다고 책망하는 투로 어머니를 놀려보는 것입니다. 그러면 어머니의 말씀이 이렇습니다.

"음마, 오빠도 참, 아 우리 어머니한테 달라고 해야지요."

그런 말씀을 하실 때의 어머니는 그렇게 진지할 수가 없습니다. 어머니의 그 표정에 저는 그만 헷갈려서 한참씩 눈을 깜빡이게 됩니다. '가만있어, 외할머니가 지금 살아 계신건가?' 하고 말입니다.

돌아가신 뒤의 외할머니는 살아 계실 때 보다 훨씬 자상하고 부드러운 목소리로 외손자인 저를 맞아주곤 하셨지요. 제가 친구 집에서 늦은 밤까지 놀다 돌아오면 집 앞 측백나무 밑에 앉아 계시다가 사르르 일어나시며 "아이고 너무 늦었다, 어서 들어가자" 하시는 거였습니다. 저는 돌아가신 외할머니가 왜 이렇게 살아 계신 것처럼 느껴지는가, 의아하고 무서워서 처음에는 도망치기도 했지만, 차츰 익숙해져서 나중에는 일부러 늦게 길을 나서기도 했습니다.

요즘은 어머니가 외할머니를 품에 안고 부엌으로 가서 목욕을 시키던 날의 풍경이 수채화처럼 떠오르곤 합니다. 때가 되면 가야 할 곳을 알고 살던 곳을 떠난다는 늙은 코끼리처럼 외할머니는 작은 보따리 하나 들고 우리 곁으로 오셨었지요. 마치 "나 여기서 죽으란다" 하듯이 말입니다.

오남 일녀 육 남매…… 없는 살림에 고만고만한 자식들을 씻기고 먹이느라 정신없던 와중에 친정어머니라는 또 한 명의 '아이'를 보살피는 어머니를 보면서 저는 아마 생각이 제법 깊어졌던 것 같습니다. 아이가 자라서 어른으로 살다가 다시 아이가 되는구나, 하는 인식의 순간에 느끼는 감정은 참으로 뭉클하고 거룩했습니다. 죽음이 죽음으로 끝나는 게 아니라 여태까지와는 다른 생을 준비하는 과정쯤으로 이해되었으니까요. 그래서인지 외할머니가 돌아가셨을 때 흘린 눈물은 끈적이지 않고 담담했었다고 기억됩니다.

외할머니께 보내는 이 글을 쓰는 지금, 제 옆에서 곤히 주무시는 어머니의 표정은 참 행복해 보입니다. 아마도 지금 외할머니를 만나고 계시나 봅니다. 제가 어머니와 함께 있을 때 그렇듯이, 어머니도 당신의 어머니를 만날 때 가장 행복한가 봅니다. 비록 꿈속이지만요. 그런 어머니 옆에 누워 저도 잠을 청해 봅니다. 어머니와 외할머니를 함께 만나는 그런 행복한 잠을 청해 봅니다.

어느 봄날 늦은 밤에
당신 따님의 아들 올림

차례

마지막 선물

　　　　　　머리에서 자꾸 열이 나고 배가
아파 이게 혹시 신종 플루 비슷한 것인가 싶어 병원에 가 보기로
했다. 전기 스위치 하나도 다루지 못하게 돼버린 어머니 혼자 집
을 지키게 할 수 없어 함께 갔다. 그렇다고 병원 로비에서 기다리
게 할 수도 없는 일이다. 안면 있는 식당에 들러 국밥 한 그릇을 시
켜놓고 주인에게 두 번 세 번 거듭 부탁을 하고 일어서는데 어머
니가 숟가락을 내던지며 벌떡 일어선다.

"나도 가. 나도 가야 해."

"잠깐이면 돼요. 금방 다녀올게요."

"아니여. 같이 가. 같이 가야 해."

겁이 잔뜩 들어간 눈으로 아들을 올려다보며 울먹이는 어머

니…… 난감하다. 함께 가서 안 될 이유야 딱히 없지만 예상되는 이산의 아픔을 고려하지 않을 수 없다. 얼마 전에는 농협에서 창구직원과 잠깐 얘기를 나누는 사이 어머니가 사라져 지구대 경찰관이 동원되는 등 한참이나 소란을 피우기도 했다. 심지어 어떤 때는 집안 마당에서도 방문을 못 찾고 헤매다가 지쳐 쓰러지거나 쪼그려 앉아 울기도 한다.

정신을 놓아버린 어머니와의 동거 팔 개월째, 동거 이후로 거의 매일 습관적으로 아니 취미처럼 중얼거리게 된 말이 있다. '산다는 게 뭘까?' 헤아려 보지는 않았지만 아마 삼천 번도 더 해온 질문이다. 그럼에도 불구하고 나는 아직 답을 얻지 못했다. 두렵다. 답을 얻지 못해서 두렵다기보다는 이 맹랑한 질문은 어쩌면 처음부터 아예 하지 말았어야 옳은지도 모른다는 생각이 나를 두렵게 한다.

그러나 이 두려움은 공포와는 전혀 무관하다. 역설적이게도 나는 바로 그 두려움의 끝자락에서 안도의 숨을 내쉬곤 한다. 내가 아직 살아 있다는, 비교적 건강하다는 증거를 나는 어쩌면 이런 식으로 수집하고 있는지도 모른다. 이렇게도 나는 아직 내 자신에게조차도 무지하다.

"너도 사람이냐?"

오래 전에 집안 어른들은 나를 보면 이렇게 호통을 치곤하셨다. 아버지와 집안 어른들이 바라는 공무원 생활을 포기하고 멋대로 돌아다닌다는 이유 때문이다. 아마도 이때부터 '나는 무엇이지' 하는, 생각 없는 생각에 빠져들기 시작했나 보다. 어쨌든 같은 시기에 어머니는 내게 말했다.

"너 하고 싶은 일 해야지."

지금 생각해도 눈물이 난다. 거의 유일하게 내 편인, 아무도 모르게 내 손을 들어준 어머니. 돌이켜 생각하면 나는 어머니에게 배운 것이 너무도 많다. 열심히 공부를 하라거나, 출세를 해야 한다거나, 장남으로서의 본분을 다해야 한다거나 하는 그런 막연하고 추상적인 것이 아니라 매우 구체적이고 상식적이며 실용적인 것들을.

개구리를 잡되 산 채로 철사에 꿰지 말고 아주 죽여서 꿰라. 참외서리를 하되 남의 밭에서 여기저기 마구 뛰어다니지 말고 한두 개만 따서 들고 얼른 나와라. 일일이 들자면 책을 한 권 따로 써야겠지만 이 두 가지 실례만으로도 나는 지금 충분히 감격스럽고 고개가 숙여진다.

어느 집이나 부업으로 돼지 한두 마리씩은 치던 시절이었다. 요즘처럼 따로 사료가 있어서 먹이는 것이 아니라 구정물에 보릿겨나 겨우 타주는 시절이었던 까닭에 개구리는 아주 훌륭한 단백질 덩어리였다. 학교에서 돌아오면 개구리 잡는 것이 중요한 일과였던 아이들은 개구리를 산 채로 철사에 꿰어 들고 다니며 그 버둥거리는 장면에 잔인한 쾌감을 느끼곤 했다.

어머니는 그것이 이중으로 죄를 짓는 짓이라고, 사람이 죄를 지어도 그런 죄를 지어서는 안 되는 법이라고 틈만 나면, 어떤 때는 눈물까지 보여 가며 타이르곤 하셨다. 참외밭에서 뛰어다니지 말라는 것은 서리 자체를 막을 방법이 당신에게 없고 보면 남의 밭을 망치지나 말게 하자는 나름의 고육책이었을 것이다.

어린 시절에야 그럴 수 있다 하더라도, 어른이 되어서도 나는 여전히 어머니에게 배우고 있었다. 아니 의지하고 있었다.

무슨 느닷없는 여복이 터졌던 것인지 마흔도 훨씬 넘은 나이에 이십대 초반의 갓 대학을 졸업한 여인, 이라기보다는 소녀와 연애를 할 뻔했다. 얼굴과 나이를 감춰주는 인터넷이 내게 준 속없는 선물이라고 해야 할 것이다. 어떤 커뮤니티를 들락거리며 쪽지를 주고받다가 메일을 교환하고, 그러다가 우리 만날래? 만날까? 해서 만났는데 그녀의 아버지와 내가 친구를 먹어야 마땅한 그런 나이 차이였다.

처음에는 도무지 여자로는 보이지 않았다. 그런데 그 마음이 한결 같지가 않고 차츰 담을 넘는 구렁이가 되고 있었다. 술을 마시면 팔짱을 끼겠다고 덤비는 그녀를 뿌리치고는 있었지만 집에 돌아오면 나도 모르게 상상의 집을 짓는 것이다. 그런데다 그 무렵의 어머니는 내 얼굴만 보면 한숨을 내쉬고 있기도 했다. 아들이 자식도 없는 채로 이혼하고 혼자 있으니 당신도 모르게 나오는 한숨이었다.

그래, 하자, 해버리자, 못할 건 또 뭐란 말인가. 어느 날 마약에 취한 듯 혼자 중얼거리다 기어이 어머니에게 사태의 전말을 털어놓고 조언을 청하기로 했다. 만약에 그녀와 내가 결혼을 한다면 어떻게 될까요? 하고, 지금 생각하면 그 뜻조차 모호한 질문을 어머니에게 드렸는데 어머니는 두 번 생각할 것도 없다는 듯이 즉각 그렇게 말씀하시는 거였다.

"너 늙고 병들면, 그 젊은 여자는?"

어머니의 이 한 마디, 빠르지도 않고 목소리가 높지도 않았다. 노기를 띤 음성도 아니고, 너도 결국 어쩔 수 없는 사내로구나, 하는 경멸이 깃든 안색도 아니었다. 살얼음이라도 더듬듯 조심스럽게 나온 이 한 마디에 나는 벼락이라도 맞은 듯 고개를 들 수가 없었다. 뒤이어 쐐기를 박듯이 나온 어머니의 한 마디.

"임시로는 좋을지도 모르지만!"

더 이상 무슨 말을 하는 것은 인간으로서의 도리가 아니라는 듯 입을 꾹 다무는 어머니의 표정에서 나는 참으로 많은 이야기를 듣고 있었다. 임시로는 좋을지도 모르지만, 그래, 임시로는 좋을 수도 있겠지만……

시간이 지난 뒤에는 어머니가 조금 원망스럽기도 했지만, 그 말을 듣는 순간에는 어머니가 마치 어머니가 아닌 다른 이웃집 여인이라도 되는 듯이 고개를 들 수 없었고 다시는 눈을 마주치지도 못할 것 같았다.

그러나 그때의 어머니는 지금 어디에도 없다. 일각一刻이 여삼추如三秋라 했던가. 그렇게도 섬세하게 당신 자신의 입장만이 아니라 타인의 입장도 같은 무게로 생각하던 어머니는, 그야말로 한 시간

을 삼 년처럼 후딱후딱 넘겨 버리는 것인지 다른 그 어떤 것에도
관심이 없다. 방안에 새우처럼 둥글게 허리를 구부리고 누운 채
도무지 일어날 생각을 안 하시는 것이다.

치매는 운동을 많이 해야 한다는 들은 풍월이 있어 적어도 하루
에 한두 시간 정도는 바깥바람을 쐬게 하려는데 그때마다 한 시간
도 넘게 실랑이를 벌여야 한다. 다리가 아프다느니, 허리가 아프
다느니 온갖 구실로 뿌리치는 어머니를 겨우 모시고 나와 차에 태
우고 한눈에도 시야가 확 트이는 저수지로 가는데 여기서 또 실랑
이가 벌어진다.

"안 해. 안 내려. 멋할라고 내리라고 혀?"

고개를 푹 수그린 채로 중얼거리기만 하는 어머니. 두 팔로 번
쩍 들어 안아서 내려야 생각하고 팔을 내밀면 마치 구렁이라도
본 듯이 진저리를 치며 온 몸을 웅크리고 완강하게 버틴다. 그리
고는 그날 저녁 잠자리에서 혼잣말로 말씀하신다.

"시상에, 그놈이 나를 물에 빠쳐 죽일라고."

답답한 집안보다 훤하게 트인 물가에서 산책을 한다면 그 효과
도 배가 되지 않을까, 하는 내 생각은 매번 이렇게 좌절되어 버린
다. 산에 약초를 캐러 갈 때도 사정은 다르지 않다. 들꽃도 좀 꺾
어보고, 산딸기 같은 것도 좀 따보고, 그랬으면 오죽이나 좋으련

16

만 어머니는 차 안에 웅크리고 앉아 고개조차 들지 않는다. 손을 내밀면 공포에 질려 벌벌 떠는 어머니의 얼굴에서 나는 어쩌지 못하고 말로만 들었던 저 유명한 고려장을 떠올리고 만다.

물가에 가면 물에 빠뜨려 죽일 것 같고, 산에 가면 고려장이라도 해버릴 것 같은, 식당에 가면 또 그것대로 살그머니 유기해 버릴 것 같은, 그래서 아예 방안에만 웅크리고 있기로 작심을 해버린 어머니. 이런 어머니에게 아들이란 대체 무엇일까. 아들이 그간 얼마나 보이지 않게 당신을 실망시켰으면 저렇게도 남몰래 해코지나 하지 않을까, 하는 의심을 감추지 못하는 것인가. 이것을 다만 치매라는 이름으로 넘겨버리고 말 것인가.

정신병원에 입원한 사람들의 언행은 대개 과거의 어떤 일들과 연관이 있다고 한다. 정신을 완전히 놓아버릴 정도의 중증치매 노인의 행동이라서 그저 그러려니 하고 넘어가고 만다면 삶은 너무나 쓸쓸하고 알맹이도 없다.

사람이 사람답게 산다는 것은 얼마나 어려운가. 문득문득 그런 생각에 빠져 전율하곤 한다. 그러고 보면 나도 이제 철이 들어가나 보다. 이 또한 어머니가 아들에게 주는 어쩌면 '마지막 선물'일 것이라…… 생각을 하면 할수록 가슴 가득 울렁이며 차오르는 이것을, 나는 감히 '사랑'이라고 불러본다.

운동을 하자고 마당으로 모시고 나왔다.
어머니는 여기서도 가끔 길을 잃어버린다.
새우등처럼 휜 허리로 힘겹게 걷는
어머니의 뒷모습을 보며,
삶이란 얼마나 힘겨운 걸음걸이인가,
생각해 본다.

오늘, 그녀는
내 딸이 되었다

　　　　　　　　　　돈이 없으면 안 되는 일이 너무
많은 세상을 산다는 건 우울하다. 어떻게 태어난 인생인데 기껏
돈에 발목이 잡힌단 말이냐. 그래서 나 일찍이 생각했다. 우울하
지 않고 재미있게, 쾌활하게 살기 위해서, 크게 결심을 했다.

　돈 벌지 말자!

　돈 없어도 잘 살 수 있음을 내 스스로 증명해 보자. 아, 물론 기
본 비용은 필요하다. 이를테면 전기료라든가 쌀값, 부식비 같은
것들은 벌어야 한다. 그 정도는 이 땅에 사람으로 태어난 은혜에
답하는 차원에서라도 감수하자. 그러나 그 이상은 안 된다. 필요
이상의 돈은 필요 이상의 욕망으로 이어지기 마련이다. 이런 욕망
을 끊기 위해서는 도시를 떠나야 한다. 어린 시절에는 그토록 시

골을 떠나려 애 썼지만, 이제는 거꾸로 도시를 떠나려 애쓰는 상황을 맞이했구나.

이렇게 해서 도시를 등지고 시골에 정착했고, 머리를 짜내 만들어낸 것이 한두 가지가 아니지만, 그 중에서도 우리 집 목욕탕은 내가 생각해도 일품이다. 서양식 욕조가 아니라, 앉아서도 몸을 푹 담글 수 있고, 찬물 더운물 번갈아가며 어 시원하다, 소리가 절로 나오는 그런 목욕탕을 내 손으로 만들었으니, 그 어떤 자본이 시비를 걸랴.

물은 지하수라서 모터를 돌리는 전기료만 계산하면 된다. 그러면 더운물은 어떻게 할 것이냐. 보일러로 물을 덥힌다면 그 비용이 만만찮다. 그래서 또 만든 것이 자가용 보일러이다. 소여물을 끓이던 커다란 가마솥에 물을 한가득 받아 장작불로 펄펄 끓인 다음 목욕통으로 옮기는 방식이다. 가마솥은 오래 전에 용도폐기된 것으로 고물상에 넘기기 직전에 얻어왔고, 그 밖의 부자재는 주변에 널려 있는 황토와 돌을 이용했으니, 그놈의 강도 같은 돈은 한 푼도 안 들었다. 아, 인간은 이렇게 스스로 상황을 주도할 수도 있는 존재인 것이다.

기억력과 사물 식별에 별 어려움이 없던 삼 년 전만 해도 어머니는 아들이 만든 이 목욕시스템(?)에 감탄을 하곤 했다. "아따 참말로 우찌케 이런 생각을 다 했을까아?" 하고, 헤아려보지는 않았지만 삼 분마다 한 번씩 중얼거리는 어머니는 목욕탕에서 당최 나올 줄을 몰랐다.

그때, 참 행복했다. 아하, 행복이란 이런 것이구나 싶었다. 태어나서 처음으로 어머니에게 효도 비슷한 것을 하고 있다는 생각도 들고, 해서 사흘이 멀다고 목욕물을 덥혔다. 언제까지나 그렇게 살 줄 알았다. 언제까지나……

지금, 어머니는 감탄은커녕 목욕탕에 들어가는 것 자체를 아예 거부한다. 억지로 겨우 목욕을 마친 뒤에는 "아따 시원하다" 하고 목소리도 시원하게 한 마디 하지만, 그러면서도 며칠 뒤에 아들이 다시 "오늘 목욕합시다" 하고 말하면 "먼놈의 목욕을 또 혀, 안 혀" 하고 어디 숨을 데도 없건만 수줍은 소녀처럼 몸을 움츠리며 숨으려고만 든다.

가끔은 실제로 감쪽같이 사라지기도 하는데, 그럴 때는 나도 모르게 터지는 와하하, 웃음소리와 함께 새로운 차원의 실랑이를 벌이게 된다. 아들이 욕조의 물 온도를 조절하느라 잠시 한눈을 파는 사이 어머니는 나 잡아봐라, 하듯이 밖으로 나가버린다. 그렇다고 어디로 멀리 가는 것도 아니다. 기껏해야 토방이나 마당의 화초들 사이에 앉아 있는데 그 모습이 흡사 무슨 음악 감상이라도 하는 것 같다.

당신 딴에는 아들의 눈을 피해 숨어 있다고 여기는 것이 분명한 그런 어머니 앞으로 대번에 달려갈 수도 없는 노릇이고, 해서 "어라 우리 엄마 어디 갔지?" 짐짓 큰소리로 중얼거리며 천천히 다가설라치면 어머니는 숨소리조차 안 내려고 애를 쓴다. 그 바싹 긴장한 모습이 내 눈에 들면 나도 모르게 폭소가 터지는 것이다.

아, 참 사람이란 이상한 동물이다. 내 자신 사람이면서도 사람이란 이상하다고 말해야 할 정도로, 정말 이상한 동물이다. 아니 어떻게 거의 아무것도 기억을 못하고 사물에 대한 식별력 또한 세 살배기 아기에도 미치지 못할 정도가 되어버린 마당에 당신은 여자고 아들은 남자라는 그것 하나만은 또렷하게 인식할 수 있는 것인지, 나는 정말이지 모르겠다.

목욕 한 번 시키려면 어머니의 옷을 벗기는 데만도 두세 시간씩 걸린다. 하자, 안 한다. 벗자, 안 벗는다, 어머니는 뿌리치다가 우는 소리를 내며 난리도 그런 난리가 없다. 그렇다고 내 마음에 한 점 거리낌이 없는 것도 아니다. 거리낌이 없기는커녕 어머니 이상으로 나는 남자, 어머니는 여자, 이런 의식이 뚜렷하다. 그래서 더욱 답답하고, 민망하고, 어떤 날은 왠지 슬프기도 하고, 그러면서도 다른 한편으로는 순간순간 나도 모르게 폭소가 터지기도 한다.

넉넉잡아 한두 달 정도면 서로 익숙해질 줄 알았다. 어머니는 아들 앞에서 옷 벗는 것이 아무렇지도 않고, 아들 또한 어머니의 알몸에 물을 끼얹고 때를 밀어주는 그 일을 두 눈 크게 뜨고 할 수 있는 그런 경지까지 도달할 것이라 믿었다.

그런데 뭐가 잘못된 것일까. 이런 일은 세월도 약이 아니다. 어머니는 여전히 당신 손으로는 얼굴 하나 씻지도 못하면서 옷 벗기를 거부하며 우는 소리를 내고, 아들은 아들대로 어머니의 옷을 벗겨야 하는 시간만 되면 답답하고 민망해서 눈을 감았다가 절반만 떴다가 천장을 보다가 뒤를 보다가 뭔가를 안 보려고 사력을 다한다.

내가 편안한 심사로 어머니의 옷을 벗길 수 있다면, 그럴 수만 있다면 이 일은 구태여 사태라고 생각할 필요도 없이 일상다반사로 정착이 되어갈 것이다. 그런데도 그러지 못하는 이유, 이유, 너 도대체 정체가 뭐냐?

돌이켜 생각해보면 지난 팔 개월여 동안 내내 그래 왔다. 정말이지 지혜도 형편없고 무식도 너무했다. 그런 무식의 바탕에서 해법이라고 쥐어짜낸 것이 며칠 전 자다가 문득 딸이다, 딸, 딸이라고 생각하면 되겠다, 뭐 이런 것이다.

미친놈! 안다. 내 스스로도 그렇게 생각한다. 미친놈이라고. 하지만 달리 생각나는 것이 없고 보면 어떻게 해. 내가 어떤 사람을 소라고 생각한다 해서 그 사람이 실제로 소가 되는 것도 아니니깐 뭐. 그러니까 일단은 그렇게 생각해야지. 어머니가 내 딸이라고. 세 살 배기 철없는 딸아이 옷을 벗겨 씻기는 일이라고, 그렇게 생각하면 아무 불편도 없고 불편은커녕 행복할 거야, 그럴 거야 틀림없이.

문제는 내가 짜낸 거짓말에 내가 넘어갈 수 있느냐 하는 것인데, 아유 몰라. 거기까진 생각 안 할 거야. 이렇게 나는 중얼중얼 자기최면을 걸고 있는 중이다. 어쨌든 마당 가득 찾아온 가을은 높고, 속절없이 활짝 핀 코스모스는 세 살 배기 어머니를 닮았다.

마당 가득 찾아온 가을 어느 날,
목욕하는 게 싫어 꽃밭에 숨은
세 살 배기 우리 엄마는
코스모스를 닮았다.

모든 기억이
사라진다 해도

'코에서 나오는 콧물은 막아야
한다. 흥, 하고 풀거나 수건 같은 것으로 닦아서는 안 된다. 물이
새는 양동이에 땜질을 하듯 콧물이 새는 구멍을 꽁꽁 틀어막아야
한다.'

내 생각이 아니라 어머니의 '실천강령'이다.

처음에는 도대체 이게 뭔가 싶었다. 발바닥에 무슨 껌 같은 것
이 달라붙곤 하는데 껌은 아니었다. 화장지를 조금 떼어서 꼬깃꼬
깃 뭉쳐놓은 것 같은데 이상하게도 발바닥에 달라붙는 것이다. 촉
촉하게 물렁하고 끈끈한 것이 흡사 개똥이라도 밟은 느낌이었다.

어느 날부터 갑자기 등장한 그 콩알만한 물체를 나는 손으로 집
어 들고 한참 들여다보곤 했다. 하지만 물렁하고 끈끈한 그 불쾌

한 느낌 때문에 정밀분석까지는 못해보고 이내 쓰레기통 속으로 던져버렸다. 그런데 쓰레기통 속에 있어야 할 그것이 얼마 뒤 다시 밟히는 것이다. 그러기를 사흘째, 드디어 정체가 밝혀졌다.

마주앉아 밥숟가락을 놀리는데 어머니의 코가 이상하게 커 보였다. 콧망울이 부풀어 오른 것도 같고 혹이 생긴 것 같기도 했다. "이게 뭐예요?" 하고 손을 내밀어 만져보려는데 어머니는 매몰차게 아주 매몰차게 뿌리치며 "암 것도 아녀" 하신다.

건강하셨을 때 어머니의 자존심은 평균 이상이었다. 없으면 굶거나 안 하고 말지 어떤 경우에도 이웃에 손을 벌리지 않았고, 안 좋은 소리 듣는 것을 끔찍이도 싫어해 억울하게 손해를 보면서도 이웃과 언쟁 한 번 벌인 적이 없었다. 정신을 놓아버린 뒤에도 그 자존심은 쩡쩡하게 살아 있었다. 그것을 알고 있는 나는 더 이상 그 문제를 거론하지 않고 어머니의 일거수일투족을 정밀 감시하는 방식으로 문제의 비밀을 밝혀보기로 했다.

그렇게 해서 '코마개' 라고 하는 기상천외한 기구를 만들어 사용하는 어머니의 신종 의료기법을 알게 되었다. 화장지를 뜯어서 손바닥에 놓고 싹싹 비벼서 둥글고 단단하게 뭉친 다음 콧속에 집어넣는다. 콧물이 화장지 뭉쳐진 것을 적시면 미끌미끌해지고, 그러면 그것은 가볍게 홍, 소리 한 번에 자동으로 쏙 빠져 나온다. 어머니는 그렇게 아무 데서나 앉은 자리에서 혹은 선 채로 홍, 하고 소리를 내서 콧물로 미끌미끌해진 작은 구슬 같은 것을 떨어트리고 다니는 것이다.

귀마개와 마스크는 봤어도, 안대는 봤어도 코마개는 살다 살다 처음이다. 어쨌든 그 옛날 초등학교 입학했을 때 어머니가 가슴에 달아주었던 콧수건이 생각나서 수건 하나를 어머니 가슴에 달아 놓기로 했다. "콧물이 나오면 이것으로 이렇게 닦는 거예요, 알았죠?" 그러나 어머니는 그것을 이내 뜯어버렸다.

이제 어쩐다? 내가 수건을 들고 어머니 옆에 붙어 다니며 콧물이 나올 때마다 닦는다는 것은 현실적으로 불가능한 일이다. 생각다 못해 화장지를 감춰놓기로 했다. 그때그때 필요한 양만 뜯어서 변기 옆에 놔두고, 그러니까 어머니가 화장실을 다녀올 때마다 들어가서 화장지를 보충해 놓기로 하고 나머지는 죄다 감춰놓자는 참으로, 나는 이 어리석은 생각을 기발한 발상이라고 스스로 칭찬까지 해가며 실천에 옮겼다.

효과는 다음날 바로 나타났다. 방안에 있는 종이들이 어머니의 콧속으로 들어가고 있었다. 신문지든 책이든 손에 닿는 무엇이든 찢어서 둘둘 뭉쳐 콧속으로 들어가고 있었다. 그날 바로 화장지를 내놨으면 되었을 것을, 무슨 경쟁심이 발동한 것인지 나는 집안에 있는 모든 종이로 된 것들을 어머니의 손이 미치지 않는 곳으로 치웠다. 그러자 이번에는 벽지가 찢겨나가기 시작했다. 아, 이 무슨 어처구니없는 기발한 발상이란 말인가. 결국 나는 두 손 두 발 다 들고 어머니에게 항복을 선언하지 않을 수 없었다. 그렇게 화장지를 도로 내놓고 말았지만, 그러나 어머니는 이미 벽지 찢는 재미에 맛이 들린 모양이다. 화장지는 화장지대로 쓰면서도 벽지를 찢어내 코마개를 만드는 어머니의 기발함은 도대체 멈추지 않았다.

문제는 갈수록 커졌다. 기발함의 진화는 끝이 없음을 몸소 보여주기라도 하듯, 어머니는 마당에만 나가면 쪼그리고 앉아 잔디를 뽑기 시작했다.

처음 이 집에 이사를 와서 마당에 채송화씨를 뿌렸더니 꽃이 피면 페르시아 융단이라도 깔아놓은 것처럼 보기에 참 좋았다. 그런데 흙이 황토라서 비만 내리면 멋대로 골이 파이고 발이 푹푹 빠져 움직일 수가 없었다. 게다가 발자국이 햇볕에 마르면 돌처럼 굳어버리는 게 황토의 특징이다.

고민 끝에 눈물을 머금고 잔디를 심기로 했다. 마당에 깔 정도의 잔디는 굳이 돈 주고 살 필요도 없었다. 여름 한철 도로변에 아스팔트 위로 무성하게 기어 올라오는 잔디를 손으로 북북 뜯어다가 하나씩 둘씩 마치 모내기를 하듯이 심어주면 되는 일이다. 그 일을 호미질에 익숙한 어머니가 당신 일이라고 아들은 얼씬도 못하게 하고 혼자 도맡다시피 해서 심었는데 꼬빡 사흘이 걸렸다. 그게 겨우 삼 년 전 일이다.

삼 년이 지난 지금, 어머니는 잔디를 잔디라 생각지 않는다. 당신이 며칠이나 걸려 정성스레 심었던 잔디를 이제는 풀이라고, 뽑아야 할 잡초라고 생각하는 것이다. 밖에 나가서 운동 좀 하자고, 꽃도 많이 피었는데 꽃길을 걷자고 조르고 졸라서 모시고 나오면 그냥 쪼그리고 앉아 잔디를 뽑아댄다. 마당에 풀이 이렇게도 많은데 풀을 뽑아야지 운동은 무슨 운동이고 꽃은 또 뭐냐고 우겨대며 잔디를 뽑아대는 어머니의 눈에는 꽃도 이미 꽃이 아니다.

그것은 풀이 아니라고, 잔디라고, 뽑아서는 안 된다고 말해봐야 소용이 없다. 처음에는 "으응 그래?" 하고 고개를 끄덕이다가도 삼 초도 안 돼서 다시 쪼그리고 앉아 무슨 놈의 풀이 이렇게도 많은지 모르겠다는 등 혼잣말이 줄을 잇는다. 하는 수 없이 운동 그만 하고 들어갑시다, 해서 안으로 들어가지만, 신기하게도 그것만은 또 잊지 않고 있다가 금방 풀 뽑으러 가야 해, 하고는 다시 밖으로 나와 쪼그리고 앉는다.

잔디는 뿌리가 길고 질겨서 손으로 쏙쏙 잘 뽑히는 식물이 아니다. 그런데도 어머니는 작은 돌멩이로 콕콕 쪼아서 뿌리를 절단한 다음 하나씩 뽑아낸다. 저렇게 뽑아서 얼마나 뽑아내랴, 해보지만 그것이 아니다. 흡사 개미가 먹이를 물어 나르듯이, 돌멩이로 톡톡 쪼아서 하나씩 뽑아낸 잔디가 금방 무더기로 쌓인다. 석기시대의 생활상이 금방 이해가 가는 대목이지만, 석기시대나 마나 우선은 답답하다.

"그걸 왜 자꾸 그렇게 뽑으려고만 해요?"

"아이 풀인 게. 밥값이라도 해야지."

밥값? 밥값! 갑자기 온 몸에 전기가 짜르르 흐른다. 그것이었던가. 진정 그것이었던가. 밥값!

그런 말을 하고 있는 순간의 어머니는 뭔가 의식이 돌아왔다는 증거이다. 그런데 하필 그 의식이 밥값이란 말인가. 내 안에서 뭔가가 무너진다. 연세 일흔을 넘어설 즈음부터 어머니는 입버릇처럼 말씀하시곤 했었다. "자식들한테 폐 끼치고 살 바에는 약이라도 먹고 미리 죽어야지." 그때는 피식 웃고 말았다. 어머니 당신도 민망한지 그 말을 하고는 얼른 다른 쪽으로 관심을 돌려버리곤 했었다. 그런데 그때의 그 생각이 아직도 어머니의 희미한 의식을 주도하고 있는 모양이다. 원대로 죽지 못하고 살 바에는 밥값이라도 해야 한다는 그 의식이 말이다.

생각해보니 코가 나온다고 구멍을 틀어막는 행위에도 뭔가 구체적인 동기가 있을 것 같다. 그리고 그 동기란 어머니 자신을 이롭게 하자는 게 아니라 아들에 대한 배려 내지는 최소한의 '밥값'과 관련이 있을 것이다. 그게 뭘까. 콧구멍을 틀어막는 것이 어떻게 해서 밥값과 연결되는 걸까.

이런 문제는 고도의 수학적 추리를 요구하는 것이라서, 아무래도 내 머리로는 풀어낼 길이 없을 것 같다. 열심히 잔디를 뽑아내는 어머니 옆에 나란히 쭈그리고 앉아 눈을 끔벅끔벅 해가며 흘러가는 구름이나 멍하니 보고 있는데 어머니가 불쑥 묻는다.

"근디 아저씨는 어디서 오셨소?"

"응? 허이 참나, 아니 나 몰라요, 나?"

"금메, 어서 본 것 같기도 허고."

웃음이 나온다. 웃음은 금방 눈물을 부른다. 그러나 그것을 보여서는 안 된다. 이런 때는, 다른 때라면 몰라도 이런 때는 그저 웃어야 한다. 웃는 얼굴로 한 발 더 들어가 보기로 한다.

"아들 없어요?"

"아들 미국 갔어라."

"왜요? 언제?"

"돈도 다 떨어졌을 텐디, 에미년이 돈도 못 부치고."

잔디를 뽑는 어머니의 손길이 바빠진다. 아마도 그렇게, 부지런히 잔디를 뽑으면, 아들에게 부칠 돈이 생긴다고 믿는 모양이다. 항상 그렇게 돈을 생각하며 잔디를 뽑는 것은 아니겠지만, 아들이 옆에서 아들 어디 갔냐고 물으면 불현듯 아들이 생각나면서 돈을 벌어야 한다는 의지가 순간 발동하는 모양이다. 그 순간의 어머니는 '지금' 누군가에게 고용되어 열심히 잔디를 뽑아야 하는 어엿한 직장인이 되는 것이다.

자나 깨나 자식 걱정이라더니, 부모의 자식에 대한 안타까움만은 다른 모든 기억이 사라진다 해도 변치 않고 남아있는, 별빛 같은 것인가 보다. 한낮인데도, 내 눈에 별이 반짝인다.

예전에는 꽃을 보면 시간

가는 줄 모르고 들여다보며

예쁘기도 하다, 예쁘기도 하다, 감탄 하던 어머니.

이제는 꽃이 눈앞에 있어도

거들떠보지 않는다.

그저 쪼그리고 앉아 일(!)만 하는 어머니.

그렇게 뽑아낸 잔디가 군데군데 쌓였다.

민들레 향은
왜 매울까?

　　　　　　　　추석 다음 날 막내아우가 다녀
간 뒤로 어머니의 언행에 굉장한 변화가 생겼다. 코에서 흐르는
콧물을 막는다고 화장지나 벽지를 뜯는 습관이 일시에 뚝 사라졌
다. 목욕을 하자 해도 예전처럼 숨거나 거부하지 않는다. 일 년여
만에 본 막내아들에게서 어머니는 무엇을 발견하신 것일까?

　대학교 이 학년 때 수업료 걱정 그만하겠다고 하사관 지원해서
직업군인으로 나선 막내아우의 등장은 내게도 조금은 충격이었
다. 근무지가 전방 근처인 까닭에 외출을 나와도 고향까지 내려오
는 일은 드물고, 명절이라 해서 녀석이 내려올 것이라 기대한 적
도 없었다.

　그런데 이번 추석에는 어쩐 일인지 집에 온다고 전화로 알려

왔다. 그래서 왔는데, 혼자가 아니고 어여쁜 아가씨를 동반했다. 꿀처럼 단 반건시 곶감을 한 아름 들고 내려온 녀석은 묻지 말고 따지지도 말라는 듯이, 거두절미하게 올 가을이 나기 전에, 첫눈이 내리기 전에 결혼을 하겠단다. 그리고는 두 시간도 채 안 되어 돌아갔다.

기쁨이야 이루 말할 나위 없지만, 무슨 선전포고도 아니고 최고 통지도 아니고, 이 녀석이 대체 무슨 말을 하는 건가 하는 의구심 같은 것이 순간 뒤섞였다. 기쁨을 온전히 기쁨으로 표현할 수 없는 아주 수상한 심사가 되어버린 나는 미래의 제수씨에게 따뜻한 눈길 한 번 주지 못한 채 헤어지고 말았다.

어머니는 다행히 막내의 이름까지는 기억하고 있었다. 사십대 중반에 갑자기 생긴 막내를 낳아놓고 어머니는 마을 사람들과 친척들로부터 미쳤다는 둥, 무슨 놈의 깨가 그렇게도 주책없이 쏟아지느냐는 둥 놀림도 무던히 받았었다. 어머니는 그만큼 연민도 깊었고 '막내'라는 단어만 들어도 눈앞이 침침해져서 먼 하늘을 한참씩이나 우러러보곤 했었다. 그런 막내를 오랜만에 보면서도 어머니는 이따금씩 벙글벙글 웃고만 있을 뿐이다. 결혼이라는 말은 아예 귀에 들어오지도 않는 것 같다.

곶감이 "겁나게 달다"는 둥, 당신이 옛날에 학교 다닐 때 일본 말 공부가 싫어서 산으로 고사리를 꺾으러 갔다가 아버지에게 들켜 종아리를 맞았는데 지금도 아프다는 둥, 동문서답으로 일관하는 어머니, 그러면서도 문득문득 막내가 데려온 어여쁜 아가씨를 빤히 쳐다보며 "젤로 어른이여" 한 마디씩 던지며 큰아들인 나를 쳐다보는 것이다.

아버지가 안 계신 집에서는 장남이 제일 어른이라는 어머니의 그 말씀은 한두 번도 아니고 막내가 돌아가는 시간까지 거의 십여 분 간격으로 반복되었다. 게다가 그 말씀은 대단히 중요한 일을 하나도 중요하지 않은 것처럼 슬쩍 흘리는 방식으로 그 중요성을 부각시키는 고도의 지능적인 화술을 연상케 하는 것이어서, 우리는 순간순간 긴장된 눈빛으로 어머니를 탐색하면서도 설마 그럴 리야, 하는 마음으로 애써 태연을 가장해야만 했다.

다음 날 아침, 어머니는 갑자기 쑥을 캐러 간다고 바구니를 달라고 하신다. 이 가을에 무슨 쑥을 캔다는 것이냐고 바보 같이 중얼거리는 내게 어머니는 칼도 달라고 하신다. 칼 소리에 나는 은근

긴장이 되어 어머니를 보는데, 어머니는 진지하면서도 이상하게 즐거움이 가득한 표정으로 바구니와 칼을 재촉하신다.

지금은 쑥을 캐는 계절이 아니라고, 나는 그렇게 연거푸 바보 같은 소리나 해대다가 하는 수 없이 바구니와 과도를 챙겼다. 그렇다고 없는 쑥을 찾으러 다닐 수도 없는 노릇이어서, 이런저런 궁리 끝에 민들레를 생각해내고는 그것이나 캐자고 어머니를 설득하고 나섰다. 그러나 어머니는 굳이 설득할 필요도 없이 민들레를 쑥이라 생각하고 열심히 만지작거린다.

"맞어, 이것이 쑥이여, 아따 고놈들 참 연하기도 하다."

"아니 그런데 쑥은 왜 캐려고 해요?"

"아따 도련님도 참, 아 도련님 장개 가시잖어요. 쑥떡이라도 해야지요."

그 목소리의 정겨움이 정말로 한참 나이 어린 시동생을 대하는 자상한 형수 같다. 아들을 배려하는 마음과 시동생을 배려하는 마음의 색깔은 확실히 다른가보다. 정겨우면서도 어떤 의무감이 느껴지는 어머니의 목소리를 듣는 순간 나는 어이없게도 내가 누구인지 잠시 헷갈리기조차 했다. 어쨌든 이렇게 해서 나는 어머니의 오빠에서 다시 시동생이 되었다. 그 시동생이 장가를 간다. 형수로서 달리 해줄 만한 것은 없고, 쑥떡이라도 하고자 한다는 게 아마 어머니의 생각인 것 같았다.

덕분에 그날 밤은 온통 민들레 향기로 가득 채워졌다. 한나절 내
내 캔 민들레를 데치고 무치고 볶고 된장국까지 끓여서 차린 민들
레밥상으로 저녁을 마치고 설거지를 끝낸 다음 습관적으로 텔레
비전을 켰다. 아홉 시 뉴스 시간이다. 한참을 보고 있는데 어머니
가 갑자기 중얼거린다.

"이상스럽네. 으째 저 사람이 대통령이까?"

나로서는 소스라치게 놀랄 발언이다. 지난 일 년여 동안 어머니
는 텔레비전을 보면서 뭐라고 논평을 한 적이 없었다. 시시각각
바뀌는 화면이나 쳐다볼 뿐 내용에 대한 이해나 감흥이 전혀 없었
다. 내가 옆에서 뭐라고 자꾸 말문을 열어보려 해도 귀찮다는 듯
"몰라" 하실 뿐이었다. 그랬던 어머니의 입에서 대통령이라는 아
주 어려운 단어가 튀어나온 것이다. 그러니 어쩔 것인가. 나는 얼
떨결에 "대통령 알아요?" 하고 물어보지 않을 수가 없었다.

어머니는 연거푸 고개를 갸웃갸웃 하신다. 그러는 동안에도

뉴스는 계속되고, 여덟 살 여자아이를 성폭행한 남자에 관한 이야기가 나오는 순간 어머니가 노여움이 가득한 소리로 한 마디 하신다.

"저런 찢어 죽일 놈."

이제 더 이상 느긋하게 앉아 있을 수 없다. 벌떡 일어나서 어머니의 곁으로 바싹 붙어 앉았다. 이렇게 보고 저렇게 보고, 손도 만져보고 얼굴도 만져보고 온갖 별별 짓을 다하고 있는데도 어머니는 별 반응이 없다. 내가 뭘 잘못 들었을까? 아니다. 그럴 리 없다. 긍정적인 변화가 진행 중인 것만은 분명한 사실이다.

이제부터가 중요하다. 어떻게 하지? 어떻게 해야 하는 거지? 내가 어떻게 해야 돌아오고 있는 어머니의 기억을 온전하게 붙잡을 수 있는 거지? 그런저런 생각으로 나는 아마 흥분했던 모양이다. 그 바람에 어머니가 밖으로 나간 줄도 몰랐다. 어느 순간 어머니가 안 보인다는 것을 발견하고 부엌으로 나가 보니 어머니는 장의자에 새우처럼 구부린 채 잠들어 있었다. 깨워서 방으로 모셨지만 십 분도 채 안 되어 도로 나가신다.

그날부터 어머니와의 새로운 실랑이가 시작되었다. 낮에도 가능한 방에는 안 들어가려 하고, 밤이면 어김없이 크지도 넓지도 않은 장의자에 구부리고 누운 채 잠을 청하신다. 방으로 들어가자

하면 여기도 방이라고 뿌리치고, 강제로 어떻게 방으로 모시고 나서 깜빡 잠이 들었다가 눈을 떠 보면 어느새 밖으로 나와 새우처럼 구부리고 주무신다. 어떤 때 보면 주무시는 것이 아니라 잠이 든 척 하고 있는 것 같기도 하다.

"아, 미치겠네. 왜 이러는 거예요. 왜 이러는 거냐고요, 정말."

주먹으로 가슴을 쾅쾅 두드려 보이며 소리를 지르는데 어머니가 문득 꿈결에서처럼 한 마디 하신다.

"내가 무신 복을 타고났다고 방에서 자."

할 말이 없다. 아니다. 할 말이 너무 많아서 무엇을 말해야 좋은지 모르겠다. 어머니의 기억이 돌아오고 있다는 나의 생각은, 어쨌든 그 생각은 틀리지 않은 것 같다. 어쩌면 너무 앞서가는 해석일지도 모르지만, 어머니는 지금 결혼을 앞둔 막내아들에게 아무것도 해줄 수 없는 당신의 죄를 스스로 벌하고 계신지도 모른다는 생각이 들었다. 방안 가득한 민들레 향이 그리 매웠을까? 어느새 내 눈이 아려왔다.

민들레를 쑥이라 여기는
어머니의 바구니에
구절초 한 송이가 가만히
교개 내밀며 거든다.

모과 향 가득한
어머니의 체온

           가을이 깊어지면서 풀잎에도 단풍이 들었다. 파랗게 무성하던 잔디가 그새 생기를 잃고 불을 만나면 금방 타버릴 것 같다. 푸름을 잃어버린 풀은 이미 풀이 아니다. 날마다 풀 뽑는 일로 '밥값'을 하던 어머니는 그만 일거리를 잃어버렸다. 가을에게서 어느 날 갑자기 해고통지를 받은 것이다.

    그러나 가을은 그리 매몰찬 계절이 아니다. 여기저기 눈을 돌리면 일거리를 내놓는 가을과 다시 만난다. 생울타리 겸용으로 심어놓은 구기자나무 옆에 달라붙어 열매를 따는 것도 가을 덕분이다. 어머니는 쪼그리고 앉아서, 아들은 어정쩡하게 서서 빨갛게 익은 열매를 딴다. 구기자를 오랫동안 차로 마시면 흰머리가 검어진다는 둥, 어느 할머니가 이것을 오래 마시고 삼백예순다섯 살까지 살았다는 둥, 어머니 귀에는 잘 들리지 않는 얘기를 해가며 열매를 따다 보니 한나절이 금방 가 버린다. 더불어 일거리도 끝난다. 아직 익지 않은 열매가 익어서 다시 따려면 적어도 사흘은 기다려야 한다. 그러면 그동안 무엇을 하나?

마당 곳곳에 결명자를 심어놓았다. 잘 익은 열매를 따서 말린 다음 발로 지근지근 밟으면 알이 쏙쏙 튀어나온다. 올해는 그렇게 하지 않고 어머니에게 모두 맡겼다. 손으로 일일이 하나씩 까라고 했더니 어머니는 자다가 선물이라도 받은 듯 깜짝 반가워하신다. 이 정도면 사흘은 충분히 넘기겠지, 혼잣말로 안심하고 방으로 들어가 책갈피나 넘기다가 나와 보니 웬걸, 두 시간도 채 안 되었는데 일거리는 벌써 반으로 줄었다. 그 속도라면 한나절도 채 안 걸리겠다. 이래서는 안 되겠다 싶어 "엄마 놀면서 쉬엄쉬엄 하세요" 했더니 어머니가 "일 놔두고 노는 미친년이 어딨어" 하신다. 이럴 때 아들은 어머니의 아들임이 분명하다. 오빠가 아닌 것이다.

일에 대한 어머니의 집착은 상상을 초월한다. 마치 누군가 그 일거리를 빼앗기라도 할 듯이 집중적으로 파고든다. 이 정도면 하루는 족히 걸리겠지, 해보지만 웬걸, 한두 시간 만에 뚝딱 끝내버린다.

고구마줄기 껍질 벗기기 또한 마찬가지. 겨울이면 연탄난로 속에 넣었다가 꺼내먹는 군고구마 맛을 즐기는 것은 어머니나 아들이 똑같다. 해서 매년 마당에 몇 두렁씩 고구마를 심는다. 고구마는 그 줄기가 갖는 맛 또한 대단하다. 끓는 물에 삶아서 된장에 무쳐도 좋고 국을 끓여도 좋다. 삶아서 말렸다가 추어탕을 끓이면 고구마줄기 특유의 섬유질 씹히는 맛이 일품이다.

고구마줄기를 한 아름 뜯어다가 토방에 쌓아둔 뒤 잎을 따내고 껍질을 벗기는 일을 어머니에게 모두 맡기기로 했다. 이정도면 얼마간 시간을 벌 수 있겠거니, 한 아름 두 아름 잔뜩 쌓아두고 나는 방으로 쏙 들어갔다. 영화를 보든 책을 뒤적이든 멋대로 놀 수 있겠거니 했는데 아하, 이번에도 내 계산은 보기 좋게 어긋났다. 도대체 무엇을 어떻게 하는 건지 어머니는 줄기를 뜯어오기가 바쁘게 뚝딱 해치워 버린다. 사나흘은 걸리겠거니 하고 시작한 고구마줄기 말리기 작업도 하루 만에 끝나고 말았다.

이제 또 무엇으로 일거리를 만든다? 문득 마늘 생각이 났다. 아, 그것이다. 마늘 까기는 쉬운 일이 아니다. 물에 불리면 손쉬운 일이지만 마른 채로 그냥 깐다는 것은 여간 어려운 일이 아니다. 한

통에 적어도 오 분여, 한 접이면 백 개니까 오백 분, 시간으로 치면 거의 하루치의 일거리가 된다. 그런데 마늘 수확기에 사놓은 마늘 두 접은 진즉에 어머니가 모두 까버렸다. 마늘은 그때그때 까서 먹어야 하는데 미리 까놓으니 반점이 생기는 등 잘 상한다. 어쩔 수 없이 모두 절구통에 빻아서 냉동실에 넣어두긴 했지만 볼 때마다 저걸 언제 다 먹나, 여간 난감한 게 아니다.

식당엘 찾아가볼까? 그래, 그것도 한 방법이다. 협상을 아주 잘해서 식당 열 곳만 설득할 수 있다면, 그렇다면 어머니의 일거리는 그야말로 안정적으로 확보된다. 이렇게 혼자 밤새 장군 멍군, 이장에 반장까지 다하고 다음날 마늘을 많이 사용할 것 같은 식당 몇 곳을 들러 상황 설명을 하고 도움을 청했지만, 주인이든 종업원이든 진지하게 받아들이질 않는다. 재미있다는 듯이 웃어버리거나, 어떤 사람은 요양원으로 보내라고 원하지 않는 충고를 하기도 한다. 또 어떤 사람은 "아따 효자상 받겠소야" 하고 땅이 갈라지듯 소리를 치기도 한다. 그 소리를 듣고 나니 다른 식당은 아예 들어가는 것 자체가 무서워진다. 인간의 언어가 인간에게 받아들여지지 않는 세상이 된 걸까?

돌아와서 생각해보니 그 사람들도 그럴 수밖에 없겠다 싶기도 하다. 내가 만일 어머니 드리게 국밥 한 그릇만 주세요, 했더라면 오 그러시냐, 드리지요, 했을지도 모른다. 그런데 뜬금없이 마늘을 까준다고 했으니, 듣는 이의 마음에 물음표가 붙어도 열 개는 넘게 붙었을 것이다. 내 낯이 원체 두껍지를 못하다보니 설명도 어눌하고 수상한 점 또한 많다고 느꼈을 것이다. 마늘을 까준다고? 이건 또 무슨 신종 사기수법이지? 얼마든 충분히 그런 의심이 들었을 것이다.

아, 일거리 만드는 게 참 쉽지가 않구나. 노동정책을 담당하는 사람들 머리가 희어질 만도 하겠다. 밤새 잠을 못 자고 뒤척이며 일자리창출, 일자리창출, 중얼거리고 있는데 문득 한 가지 그림이 떠올랐다. 뚱딴지, 일명 돼지감자. 내일은 그것을 캐러 가자. 생으로 씹어 먹을 수도 있고 구워 먹을 수도 있지만, 무엇보다 잘게 썰어 말렸다가 뻥튀기 기계로 튀긴 다음 살짝 끓여내면 구수한 향기와 맛이 일품이다.

그리하여 다음날 오전 일찍 뚱딴지를 캐러 나섰다. 아직 제철은 아니지만 알은 이미 영글었다. 쌀포대로 한가득 뚱딴지를 캐서 어깨에 메고 들어오니 어머니 눈이 휘둥그레진다.

"이거 엄마가 다 썰어야 해." 뚱딴지를 물에 씻어 바구니에 담아 내놓으니, "그려, 그려, 칼 줘, 칼 줘." 어머니는 같은 말을 열 번도 넘게 하면서 좋아서 어쩔 줄을 모르겠다는 눈치다.

바깥 토끼 잡으려다 집 안 토끼 놓친다고 했던가. 내가 꼭 그 꼴이 날 뻔 했다. 언제 그렇게 되었는지 마당에 심어놓은 육 년생 모과나무 밑에 열매가 우수수 죄다 떨어져 있다. 작년에는 인색하게도 달랑 한 개만 열렸던 것이 금년에는 무슨 까닭인지 그야말로 주렁주렁 서른 개도 넘게 열렸다.

모과는 육질이 단단해서 식칼로는 잘 안 썰린다. 무리하게 썰려하다가는 팔목 근육통으로 몇날 며칠을 고생해야 한다. 손가락을 베는 경우도 다반사다. 한약방에서 사용하는 작두를 이용하면 근육통도 손가락을 베어 피 보는 일도 없다. 바구니에 가득 주워 담은 모과를 물에 씻어 부엌에 앉아 작두로 썰고 있는데 어머니가 옆에 붙어 앉아서 "내가 할게, 내가 할게" 하고 조른다. 위험해서 안 된다고 해봐야 그 순간뿐이다. 듣는 순간에는 "응, 그려?" 하지만 금세 다시 "내가 할게" 하고 손을 내민다.

어쩔 수 없다. 작두로 썰다가 더 이상은 작두로 할 수 없는 부분을 어머니에게 넘기기로 했다. 그런데 어머니에게는 그것도 힘에 부친다. "이것이 뭐여, 이상스럽네." 어머니는 칼을 한 번 대보고는 이내 고개를 갸웃거린다. 사각사각 잘 썰리는 뚱딴지를 썰던 손맛이 아마 남아 있을 것이다. 그래서 더욱 이상하다. 이게 대체 뭐야? 왜 안 썰리는 거지? 어머니는 고개를 갸웃거리다가 칼날을 보고, 도마 위의 모과를 보고, 한 번 더 고개를 갸웃거리고는 다시 시도해 본다. 그렇다고 모과가 뚱딴지로 변했을까.

"아따 이것이 뭐이다냐. 나를 이겨먹을라고 하네."

"안 되면 이리 줘요. 내가 할게."

"아니여, 나도 한당게."

어머니는 단호하게 자신감을 표명해 보지만, 그러나 모과는 역시 모과다. 이렇게 해보고 저렇게 해봐도 모과는 칼집만 허용할 뿐 칼날을 더 이상 받아주지 않는다. 그러다가 우연히 한 가지 방법이 발견되었다. 오른손에 칼을 잡고 모과 위에 일단 칼집을 낸 다음 왼손으로 칼등을 지그시 누르는 순간 모과는 마침내 썰어졌다. 어머니는 이렇게 해서 나름 비책을 발견하고는 이제부터 척척 잘 썰어나간다. 하지만 보고 있는 나로서는 위태위태, 아슬아슬, 가슴 속 애간장이라는 것이 녹고 타고 졸아버리는 것 같다.

내가 어린 시절 무엇을 하겠다고 부득부득 조르며 덤볐을 때 어머니도 이런 마음이었을까. 그랬을 거다. 물어보지 않아도 알겠다. 삶의 비밀이, 인생의 수수께끼가, 그토록 알고 싶어도 누구한 사람 제대로 가르쳐주는 이 없는 그 엄청난 어떤 것들이 이제야 비로소 한 겹 두 겹 벗겨지면서 내게로 착착 안겨든다.

이런 어머니를 사람들은 요양원에 보내라고 한다. 어쩔 수 없지만 그것이 이성적이고 현명한 길이라고. 그럴까? 그럴지도. 그러나 그렇게 하면 어머니가 썰고 있는 모과의 향기는 영영 맡을 수가 없지 않을까? 모과 향 가득 베인 어머니의 체온이 나를 위로한다.

사람들은 어머니를 요양원에 보내라고 한다.
그것이 이성적이고 현명한 길이라고.
그렇지만 그렇게 되면
어머니가 썰고 있는 모과 향기는 영영 맡을 수 없을 텐데.
모과 향 가득 베인 어머니의 체온이 아들을 위로한다.

울 엄마
참 예쁘다

　　　　　　　　　막내 결혼식이 일주일여 앞으로
다가왔을 때부터 나는 몇 가지 실험을 해 봤다. 어머니의 키보다
살짝 높은 가지에 매달린 감을 따보게도 하고, 별다른 볼 일이 없
어도 어머니를 모시고 두 시간씩이나 걸려 광주를 다녀오기도 했
다. 그 결과 어머니는 결혼식장의 촛불 점화가 불가능하다는 결론
을 얻었고, 두 시간 이상 차를 타거나 운동을 해서는 저녁에 경기
를 일으킨다는 것을 알았다. 예식장이 있는 목포까지는 시내를 통
과하는 시간까지 적어도 왕복 세 시간은 잡아야 한다. 또 공기도
썩 좋지 못한 건물 내에서 두 시간여를 머물러야 한다. 젊은 사람
도 예식장을 풀코스로 돌고 나면 아이고 소리가 절로 나오는 판에
어머니에게 그런 중노동을 요구할 수는 없었다. 게다가 누가 무엇

을 하는 자리인지조차 알지 못하는 어머니이다.

친척들은 다른 사람도 아닌 막내 결혼식인데 어머니가 불참하는 것은 말도 안 된다고 야단들이지만 나는 입을 굳게 다물고 내 생각을 밀고 나갔다. 내심으로는 결혼식을 마치고 막내 부부가 집으로 와서 어머니께 인사를 드렸으면 좋겠다 싶었지만 차마 그런 말을 꺼낼 수는 없어서 이틀 전날 예비 제수씨에게 전화로 어머니는 참석하실 수 없다는 얘기나 전하고 말았다.

그런데 이건 또 무슨 이심전심인지, 식장에서 만난 막내아우에게 일정을 물어보니 예식 끝나고 잠깐 어디에 들렀다가 바로 집으로 와서 어머니께 인사를 드릴 생각이란다.

"그럼 신혼여행은? 색시가 좋다고 하겠어?"

"신혼여행은 뭐, 하여튼 그렇게 하기로 합의 다 됐어요."

"그럴 필요 없어. 오지 마."

"일정을 이미 그렇게 짰어요. 그리고 저는 군인인데 군인이 오늘로 벌써 나흘째 밖에 나와 있는 것이니까, 신혼여행은 어차피 하루 이상은 생각할 수 없어요."

"그럼 더욱 더 안 되지. 그냥 너희들끼리 놀다가 귀대해."

"아니에요. 갈 거예요."

일단 결정을 내리면 여간해서 번복하지 않는 것이 우리 형제들의 공통점이다. 좋게 말하면 소신주의에 속하고, 나쁘게 말하자면 융통성이 절벽인, 한 시간이 다르게 변하는 세상 속에서 왕따 아니면 굶어죽기 딱 십상인 옹고집쟁이들이다.

아무튼 이렇게 해서 어머니는 막내아들 부부의 절을 받는 것으로 예약이 되었고, 우리는 갑자기 정신 못 차리게 바빠졌다. 식장에서 돌아와 한숨 돌릴 새도 없이 한쪽에서는 어머니에게 한복을 챙겨 입혀드리느라 부산을 피우고, 당숙을 비롯한 마을 어른들이 들어오시면서 분위기는 점입가경, 예정에 없던 잔치집이 되었다.

"아이고, 엄마가 시집가도 되겠네." 누군가의 입에서 이런 말이 나오고, 그러자 어머니는 그 소란스런 와중에도 그 소리는 어떻게 정확히 알아듣고는 "보내주믄 못 갈까" 하신다. 그리고는 이어서 마치 당신의 생각을 확실하게 주입이라도 시키듯이 "소개시켜 줘봐" 하신다. 막내아들이 왜 와 있는지, 당신이 왜 한복을 입어야 하는지도 아는 듯 모르는 듯 그저 순진한 아이처럼 하라는 대로만 하고 있던 어머니를 바라보며 우리는 신기해서 웃고 어이없어서 웃고, 세상에는 온통 웃을 일만 있다는 듯 마음껏 웃어대는데 당숙께서 한 말씀 하신다.

"아따 느그덜도 참, 웃을 일만도 아니다, 야."

당숙이 그렇게 한 말씀 거들지만 않았다면 그 문제는 그야말로 우스갯소리 정도에서 끝나고 말았을 것이다. 그랬다. 당숙의 말씀을 듣는 순간 갑자기 정신이 번쩍 드는 느낌이 들었다.

당숙모 돌아가시고 오 년, 한동안은 풀이 죽어 금방 병이라도 걸릴 것 같았지만, 어디 무슨 모임을 나갔다가 알게 된 여인과 연애를 시작하신 뒤로 당숙은 얼굴에 살이 붙고 목소리도 쩡쩡해졌으며, 맥고모자에 양복을 챙겨 입는 등 갈수록 근사한 노신사가 되어가고 있었다. 행동거지는 또 어떤가. 연세 여든을 넘었다는 사실이 믿어지지 않을 정도로 꼿꼿하고 민첩해서 걸을 때는 젊은 이들도 따라잡기 어려울 정도이다.

가만히 돌아보면 열세 살에 결혼한 어머니의 삶은 '외로움' 이라는 한 단어로 집약된다 해도 과언이 아니다. 아버지는 군대를 기피할 목적으로 낳지도 않은 아이를 낳았다고 하나도 아닌 둘씩이나 출생신고를 하는 등 갖은 애를 썼지만, 결국은 잡혀가다시피 입대를 하고 말았다. 그런데 그토록 기피했던 군대를 아버지는 삼 년 복무로 끝내지 않고 부사관으로 나아갔다. 해보니 군대가 체질에 썩 맞더라는 것이다. 당시만 해도 국가 재정이 형편없던 까닭에 부사관이라 해도 임금이 지금의 사병 수준이었고, 부부가 얼굴 마주하고 살아갈 만한 공간을 마련한다는 것은 꿈에서나 가능한 일이었다.

꿈에서나 가능한 그 일을 위해 어머니는 마침내 투쟁을 선언하게 되는데, 내가 아주 어렸을 때의 기억을 더듬어보면 어머니가 선택한 무기는 인간의 모든 지혜와 감성이 집약된 '눈물', 바로 그것이었다. 물은 바위를 뚫지만 바위는 물을 어쩌지 못한다고 했던가. 일 년에 한두 차례 휴가를 나올 때마다 외로워서 못살겠다고 하소연하는 어머니의 눈물 앞에 바위처럼 단단한 아버지가 결국 두 손을 들고 말았다.

어머니는 국가에 볼모처럼 잡혀 있는 당신의 남편을 눈물로 탈환한 것이다. 그러면 그때부터 줄곧 불행 끝 행복 시작이었을까. 아니다. 가까스로 남편을 돌려받은 어머니에게는 오히려 그때부터가 시련의 시작이었다. 제대를 해서도 군대가 당신의 체질에 맞는다고 생각한 아버지는 일이 잘 안 풀릴 때마다 어머니를 원망하고 나섰다. 세월이 흘러 당신의 군대 동기들이 파출소 소장이라든가 면장 등으로 발령받는 것을 보면서 어머니에 대한 아버지의 원망은 폭력성을 띠기 시작했다. 밥상을 걷어차며 "여편네가 멍청해서 서방 앞길을 막았다" 는 둥 소리를 지르는 아버지의 폭력을 우리 형제들은 사나흘에 한 번씩은 겪어야 했다. 어머니는 그렇게 정치의 '정'자에조차 관심이 없으면서도 군 출신이 득세하는 우리 현대정치사의 아픔을 고스란히 뒤집어쓰고 있었던 셈이다.

농촌에 살면서도 땅도 별로 없는 농사꾼 노릇은 도대체 당신 체질에 맞지 않는다고 아버지는 생각했다. 마을 이장을 십오 년 동안이나 장기집권했을 정도로 아버지는 집에서 조근조근 일을 하기보다는 밖에서 공무원들과 함께 하는 시간을 즐겼다. 집안일은 자연스럽게 어머니의 차지가 되었고, 어머니는 눈물로 남편을 빼내올 때 이미 결심이라도 한 듯 이웃집 누구네 엄마처럼 밤보따리를 싸지 않고 온 몸으로 치러냈다.

아버지가 돌아가신 지도 벌써 십일 년, 그동안 자식들은 어찌 그리 한 번도, 단 한 번도 어머니 옆에 다른 남자가 있는 그림을 그려보지 못했을까. 가만히 생각해보면 이것만큼 신기한 일도 없지 싶다. 이런 생각을 좀 더 일찍 했더라면 치매 따위가 감히 어머니를 넘보지 못했을지도 모른다는 생각에 이르러서는 그만 머리를 조아리고 만다.

아주 오랜만에 한복 저고리를 차려 입은 어머니의 모습은 곱기만 하다. 어머니에게 다가가서 환하게 웃으며 속삭였다. "울 엄마 참 예쁘다." "봄 처녀 목련처럼 울 엄마 참 예쁘다."

막내아들 장가가는 날,
한복 곱게 차려입은 어머니에게
뜬금없이 한마디 던졌다.
"아이고, 울 엄마 시집가도 되겠네."
봄 처녀 목련 같은 우리 어머니.

미안하다
미안하다

　　　　　　　　막내아우 결혼식을 치른다고 나
름 긴장했던 모양이다. 하루 이틀도 아니고 사흘 나흘째나 계속
아침이 괴롭다. 날이 밝았는데도 일어나기가 싫어 이불을 뒤집어
쓰고 왼쪽 오른쪽 뒤집어가며 끙, 끙 소리를 낸다. 만일 어머니가
옆에서 기척을 내지 않았다면 나는 아마 그렇게 뒹구는 자세로 하
루를 보내고 말았을 것이다.

　그렇다. 요 며칠 계속 어머니가 나를 깨운다. '일어나'라는 말
도 없이 일어나게 한다. 부스럭거리는 소리가 한참이나 이어지면,
나는 더 이상 어쩌지 못하고 "새나라의 어린이는" 어쩌고 소리를
질러가며 벌떡 이불을 젖히고 일어난다. 그 소리에 어머니는 놀라
서 "어매 깜짝이야" 하시는데 그 앞에는 언제나 이불이 예쁘게 개

켜 있다. 신기하다. 양말은 곧잘 뒤집어 신기도 하면서 이불은 어쩌면 저렇게도 가지런히 개켜놓을 수 있는지 모르겠다.

아직 잠이 덜 깬 걸까, 창 사이로 말갛게 파란 하늘을 멍하니 보고 있는데, 뭔가 낯선 소리가 들린다. 여러 마리의 모기가 아주 가까이서 앵앵거리는 것 같기도 하고, 아주 멀리서 확성기로 뭔가 효과음을 내고 있는 것 같기도 한 그 소리가 심상찮아서 귀를 쫑긋 기울이다 퍼뜩 어떤 생각이 스쳐갔다. 혹시, 혹시? 토끼처럼 후다닥 밖으로 뛰쳐나갔는데 세상에, 어머나 정말이다. 마루가 밤새 새끼를 낳았다.

본디 개를 기르고자 해서 데려온 녀석이 아니었다. 내가 워낙 생활이 불규칙해서 언제 어디를 가게 될지, 가면 며칠이나 혹은 몇 달이나 밖에서 지내다 올지 알 수 없는 까닭에 동물을 집에 두기가 어려웠다. 그런데 어머니와 동거를 시작하면서 아주 규칙적이고 모범적인 생활을 하게 되었다.

그렇다고 어머니와 늘 함께 있을 수도 없는 일이어서 궁리 끝에 강아지를 입주시키기로 했다. 진돗개 잡종이라는데 사실 여부는 알 수 없고, 어쨌든 갓 젖을 뗀 암수 한 쌍을 데려왔다. 이름은 '마루1', '마루2'라고 아주 간소하게 지었다.

어머니는 녀석들과 더불어 한 달 정도는 잘 지냈다. 둘 다 색깔이 하얗다 보니 쌀 같다는 둥, 눈 같다는 둥, 나로서는 감히 생각해낼 수 없는 문학적 표현으로 어머니는 강아지들을 예뻐했다. 한 달쯤 뒤에 수컷은 무엇을 잘못 먹었는지 장염에 걸려 그만 세상을 뜨고 말았다. 다행히도 어머니는 죽음에 대한 인식이 그리 크지 않은 것 같았다. 처음부터 강아지가 한 마리였던 것처럼 아무렇지도 않게 홀로 남은 암컷을 대하는 어머니를 보면서 나는 삶과 죽음의 차이는 무엇일까, 등등 제법 심각한 의문을 만지작거리는 기회를 갖기도 했다.

문제는 홀로 남은 암컷 마루가 어느새 강아지 티를 벗어나면서 어머니를 경쟁자로 인식하기 시작했다는 점이다. 여기저기 온 집 안을 쏘다니며 찔끔찔끔 영역표시를 하는 것까지는 그런대로 봐줄만했다. 그러나 이불이든 베개든 옷가지든 닥치는 대로 물어뜯고 흔들어서 찢어발기는 것은 용서가 안 되었다. 게다가 녀석은 어머니의 손을 물어뜯기도 하고 발등을 발톱으로 긁어 상처를 내기도 했다. 또 밤이면 잠자는 사람들 배 위로 뛰어다니는데 그 무게가 여간 아니어서 숨이 턱턱 막히기도 했다.

"아이고 무서워. 무서워."

"어매 또 왔네. 저리 가. 저리 가."

강아지는, 아니 개는 이제 어머니의 친구가 아니었다. 어머니를 공포에 떨게 하고, 울게 하고, 구석으로 자꾸 숨어들게 만드는 무서운 불청객이 되었다. 하는 수 없이 마루를 밖으로 내놓기로 했다. 그런데 막상 내놓고 보니 더 많은 문제가 생겼다. 마당이 넓다 해도 담이 없는 생울타리다 보니 남의 고추밭이며 땅콩밭이며 아무 데나 들어가서 난리를 피운다. 그뿐 아니다. 옆집에서 개장사에게 팔 목적으로 수십 마리의 개를 작은 철제 우리에 가둬 사육하는데, 갇힌 개들을 구해내고자 하는 것인지 마루가 툭하면 그쪽을 뛰어 다니는 통에, 그때마다 갇힌 개들이 왕왕 월월 컹컹 짖어대 온 마을을 뒤집어놓는다.

"집에 개새끼 묶어놓시오 잉. 오징어에다 쥐약 잔뜩 발라서 여기저기 뿌려놓을 것인게, 알아서 하시라고요." 개 사육장 주인의 그 말이 아니었어도 묶어둘 생각을 하고 있던 참이었다. 다만 선뜻 나서지지가 않아 오늘 내일 하고 있었을 뿐이다. 어쨌든 그렇게 해서 마루는 개줄에 묶이는 신세가 되고 말았다.

아마 두 달 정도 서로 다른 고생을 했을 것이다. 나는 녀석의 우는 소리가 안쓰러워 밤이면 잠을 이룰 수가 없었고, 녀석은 밤만 되면 여우처럼 길고 날카로운 소리로 내게 항의를 해대느라 역시 잠을 이룰 수가 없었다. 우리는 그렇게 서서히 길들여져 갔다. 여름이 가고 가을로 접어들면서 녀석은 더 이상 울지 않았다.

그리고 가을이 무르익어 가는 어느 날, 나는 그것을 보았다. 먹이를 주려고 다가서는 내게 두 발을 번쩍 들고 칭얼칭얼 소리를 내며 달려드는 녀석의 속살이 전보다 이상하게 돋보인다. 털이 빠진 것도 아닌데 꼭 털이라도 빠진 것처럼 두 줄로 늘어선 젖꼭지가 털 밖으로 툭툭 불거져 있는 것이다. 그리고 보니 녀석의 신체 전반이 부풀어 있었다.

"너 혹시, 혹시 응? 임신한 거냐? 정말로 그런 거야?"

아무래도 그런 것 같았다. 그러나 아직 확신은 안 섰다. 녀석은 처음 개줄에 목이 묶인 이후 한 번도 그 줄을 벗어난 적이 없었다. 그런데 어떻게 임신을 해? 아니야, 아닐 거야. 하지만 녀석은 하루하루 날이 갈수록 젖이 커지고 배도 부풀어 갔다. 이렇게 되면 의심이 바보짓이다.

"너 남편이 누구냐, 응? 말 안 할래?"

녀석을 볼 때마다 입으로는 그렇게 한 마디씩 우스갯소릴 하지만, 마음은 글쎄, 뭐라고 해야 하나, 줄에 묶인 상태에서 어떻게 임신에까지 이르렀을까. 녀석이 겪었을지도 모르는 그 부자유와 굴욕감을 생각하니 가슴이 저몄다.

미안하다. 미안하지만, 아직 너를 풀어줄 수는 없어. 네 몸 풀때가 되면, 그때는 틀림없이 이놈의 개줄을 풀어주마. 듣지도 못하는 녀석에게 나는 겨우 그런 약속이나 하는 것으로 내 스스로를 위로하고 있었다. 그렇지만 나는, 녀석에 대한 최소한의 예의라 할 수 있는 그 약속마저 지키지 못하고 말았다.

막내아우 결혼식장으로 가기 전에 담요 한 장을 넣어준 것이 내가 마루의 출산준비랍시고 해준 모든 것이다. 그런데 그 한 장의 담요조차도 마루에게는 그리 썩 좋은 것은 아니었나보다. 불에 타기는 잘해도 사람이 손으로 찢는다는 것은 엄두도 낼 수 없는 그 질긴 담요가 토막토막 찢겨진 채로 출산이 끝난 개집 여기저기에 널려 있는 것이다. 마루는 밤새 그 질긴 담요를 입으로 물고 발로 당겨 찢고 또 찢고, 그렇게 해서 새끼들의 누울 자리를 만들고 있었다. 그 노고가 얼마였을지 감히 헤아릴 수 없다. 나는 다만 일이 모두 끝난 뒤의 상황을 보면서 어렴풋이 유추나 해볼 따름이다.

멀리서 내 발자국 소리만 들려도 뛰쳐나와 꼬리를 흔들고 앞발을 쳐들어대던 녀석이 바싹 다가섰는데도 축 쳐진 채로 누워만 있다. 눈을 뜰 힘도 없는지 꼭 감은 채로 온 몸으로 숨을 쉬고 있는 어미에게 달라붙어 새끼들은 젖을 빤다. 새끼 한 마리를 손으로 들고 보니 탯줄이 아직 촉촉하고 물렁하다. 짐작컨대 새벽에서 아침 해가 떠오르는 동안에 진통과 출산을 한 것 같다. 진통이 시작되었을 때 마루는 초산인즉 보나마나 고통이 상당했을 것이다. 게다가 목이 줄에 묶인 채로 신음하면서도 새끼가 나오면 눕힐 자리를 마련하느라 담요를 찢고 있었을 것이다.

미안하다. 너무 많이 미안하다. 무엇보다 목이 묶인 채로 임신에 이르는 과정을 거치고 새끼까지 낳았다는 사실이, 그렇게 되도록 다른 누구도 아닌 나 자신이 일을 꾸며 왔다는 사실이 이루 말로 다할 수 없도록 미안하다.

부랴부랴 냉장고를 뒤져보니 막내아우 결혼잔치 끝내고 남은 것을 가져왔던 돼지고기 수육이 제법 있다. 그것을 냄비에 넣고 식은 밥을 넣고 물을 붓고 끓이다가 된장도 한 숟갈 넣어 팔팔 끓인 다음 찬물에 냄비째로 넣어 식기를 기다렸다가 마루에게 주니 녀석은 그것도 고맙다고 꼬리를 흔들며 금방 먹어치운다.

아, 오늘의 이 사건을 나는 아마 꽤 오래도록 기억할 것이다. 더불어 밉살스런 사람에게 아무 반성 없이 써 왔던 "이런 개 같은……" 이란 말은 앞으로 함부로 입에 담지 못할 것 같다.

"마루 너도 이제 드디어 어머니가 되었구나. 그것도 아주 훌륭한 어머니가." 이렇게 혼잣말로 중얼거리다 우두커니 앉아 있는 어머니를 바라봤다. 순간 마루의 아기들처럼 나도 어머니 품에 고개를 묻고 잠이 들고 싶어졌다. 나는 여전히 어머니의 어린 새끼구나, 하는 생각이 마치 졸음처럼 밀려왔다.

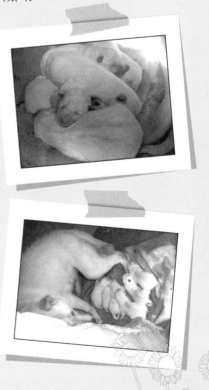

"마루 너도 이제 드디어
어머니가 되었구나.
그것도 아주 훌륭한 어머니가..."
이렇게 혼잣말로 중얼거리다
우두커니 앉아 있는 어머니를 바라봤다.
마루의 아기들처럼 나도
어머니 품에 고개를 묻고
잠이 들고 싶어졌다.

게으름의 등급

　　　　　　　　　　　　마당에 텃밭이 몇 천 평이 되는
것도 아닌데 고구마와 생강을 군데군데 조금씩 심어놓고도 돌보
지 못하고 있었다. 가을이 되었다고 고구마 순을 뜯어 말리면서도
고구마 캘 생각은 까맣게 잊어버린 것이다. 어제 그제 연 이틀 서
리가 내려 고구마 잎이 바싹 타버린 것을 보고서야 어어 큰일났
네, 얼어버렸으면 어떡하지, 사뭇 심각해져서 어머니의 경험을
듣고자 하는데 어머니는 "몰라, 어따 고구마 심었간디?" 하신다.

　"암튼 오늘 날씨도 영판 따뜻하니까 고구마랑 생강이랑 가을일
다 끝내 버립시다."

　"으응, 그려, 그려."

　그렇게 저렇게 어머니와 함께 고구마를 캔다고, 생강도 캔다고,

몇 포기 되지도 않는 그것들을 캔다고 준비하는 데만 한 시간이 걸렸다. 그런데 막상 괭이를 들고 다가서니 선뜻 땅을 파헤칠 용기가 나질 않는다. 얼어 버렸으면 어떡하지? 소심함을 겨루는 대회가 있다면 일등이나 할 것 같은 소심증으로 걱정만 하면서 딴전을 피우고 있는데 옆집 할머니가 마치 물어볼 것 있으면 물어보라는 듯이 때맞춰 지나가신다.

"아니여. 지금이 딱 좋아. 고구마는 옛적부텀 서리 내리고 난 뒤에 캐는 것잉게. 쓸잘디없이 부지런한 사람이 너무 일찍 서둘러서 손해보는 것이여."

오호, 그게 또 그런가. 절로 고개가 끄덕여진다. 찬바람이 불기 시작하면 호박, 고추, 오이 같은 열매 식물들은 거짓말 하나도 안 보태고 정신없이 꽃을 피우고 열매를 맺는다. 그 모양을 볼 때마다 나는 신기해하면서도 알 것 같다는 마음으로 고개를 끄덕거리곤 했었다. 그러면서도 구근식물도 그렇게 찬바람이 불면 바빠질 것이라는 생각은 해보지 못했다.

그렇다면 나는 매년 쓸데없이 부지런을 떨어서 손해를 보고 있었던 것이다. 마당에 은행나무와 단풍나무에 물이 들면 그것을 신호로 알고 고구마를 캐곤 했으니까 말이다. 쓸데없이 부지런하다는 것은 굳이 해석을 하자면 '지금' 하지 않아도 될 일을 해서 다른 일거리를 만들어낸다는 얘기쯤 되겠다. 내 경우를 예로 들자면 고구마를 너무 일찍 캐 버려 알이 좀 더 굵어질 수 있는 여지를 원천봉쇄해 왔던 셈이다.

땅은 거짓말을 모른다. 예전에도 나는 이런 말을 했고, 지금도 같은 말을 한다. 예전의 '그 말'과 지금의 '이 말'사이를 흐르는 강의 깊이를 나는 감히 헤아리지 못한다. 다만 이런 말 정도는 할 수 있겠다. 예전의 '그 말'이 콩 심은 데 콩 나고 팥 심은 데 팥 난다는 속담에 기대고 있다면 지금의 '이 말'은 내 입에서 나도 모르게 터져 나오는 "아, 그게 또 그렇구나"하는 감탄사와 느낌표에 전적으로 기대고 있다고.

고구마는 땅에 거름기가 많으면 좋지 않다. 알은 굵어지지만 당도가 떨어지고 무엇보다 매미의 유충 굼벵이가 많이 꼬인다. 작년에 퇴비를 너무 많이 넣었다가 태반이 굼벵이의 공격을 받아 부스럼딱지가 내려앉은 못생긴 고구마를 캐놓고 난감했었다.

올해는 퇴비를 넣지 않아 고구마는 잘 생겼는데 새로운 천적이

나타난 모양이다. 네다섯에 한 개 꼴로 이빨 자국이 나 있다. 예전에 없던 일이다. 쥐가 고구마를 갉아먹는 것이야 상식이라지만 이런 식으로 당하기는 처음이다.

"아이고, 이것이 먼 지랄일까. 욕심도 많네. 아 쳐먹을라믄 하나만 갖고 다 먹지. 먼 지랄났다고 이렇게나 죄다 물어뜯었을까."

어머니는 못내 속상하고 야속하고 심지어는 무엇인가 억울하다는 느낌조차 있는 모양이다. 상처난 고구마를 하나하나 일일이 들었다가 놓았다가 도무지 이 사태를 어떻게 해야 할지 모르겠다는 듯 혀를 차며 울먹인다. 그러다가 생강 한 포기를 뽑았을 때 어머니의 울먹거림은 곧바로 감탄사로 바뀐다.

"오매, 이것이 생강이여? 먼놈의 생강이 이렇게나 나뭇단 같당가."

"엄마도 생강 알아요?"

"아따 오빠는 또 먼 그런 말씀을 하신다요."

"아따 참말로, 나는 신분이 뭐여, 오빠여 아들이여, 확실히 좀 해달랑게."

짐짓 짜증을 내보지만 이런 짜증에는 웃음이 필요하다는 것 정도는 어머니도 아신다. 웃음이란 일단 나오면 증폭되기 마련이다. 그나저나 생강이 이상하다. 어머니의 표현대로 정말 나뭇단 같다.

한 포기만 그렇게 유별나겠거니 했는데 아니다. 그야말로 '겁나게도' 크고 많이도 달렸다.

지금 사는 집으로 이사 온 이후 지난 사 년 동안 해마다 생강 오천 원어치씩을 사다가 심었다. 쪽수로 치면 손가락 크기 정도로 열둘에서 열다섯 개 쯤 되려나. 그것을 심는 데 필요한 땅은 내 몸 하나 반듯이 눕힐 정도면 충분했다. 첫 해에는 콩 심은 데 콩 난다는 속담에만 의지해서 거름도 없이 심은 까닭에 별 수확을 못했고, 이듬 해에는 우매하게도 화학비료를 집어넣어 단 한 뿌리도 건지지 못했다. 구근식물은 화학비료가 독약이라는 것을 전혀 몰랐던 탓이다. 어쨌든 작년에는 퇴비를 듬뿍 넣어 제법 성과를 봤다.

그리고 올해는, 며칠 전에 새끼를 낳은 마루가 날마다 생산하는 개똥을 모아서 비닐봉지에 넣어 한 달쯤 발효를 시킨 뒤에 "자 간식이 왔다" 어쩌고 지껄여가며 생강 포기 주변에 마치 성을 쌓듯이 올려놓곤 했다. 그 결과 생강은 아마 생강 자신도 놀라울 정도로 번식에 재번식을 해도 끄덕없는 생명력을 갖게 된 모양이다.

그리하여 나는 이제 이런 말을 해야 할 것 같다. 땅은 거짓을 모른다. 다만 땅도 먹을 것을 필요로 한다. 그것은 석유에서 뽑아낸 비료가 아니다. 땅을 살찌우고 향기롭게 하는 것은 천연 퇴비, 다름 아닌 '똥'이다. 땅은 그 어떤 수치도 원칙도 통계도 허용치 않는다. 오직 사랑만을 요구한다. '사랑해, 사랑해' 하는, 말로 하는 사랑이 아니라 가슴을 열어 보일 것을 요구한다. 뜨거운 피가 흐르고 있다는 것을 확실하게 보여줄 것을 요구한다. 멈칫거리고 잔머리 굴리고 거짓말 비슷한 것이라도 한다면 땅은 대번 토라져서 '안녕' 해버린다.

어머니가 옆에 안 계셨을 적에 나는 딱히 무슨 하는 일도 없이 늘 바빴다. 마음이 바쁘다 보니 매사가 두루춘풍이요 주마간산이었다. 꽃씨를 뿌려놓고도 꽃이 피면 아 피었구나, 예쁘다, 향기 좋다, 했을 뿐 그것이 어떻게 자라서 어떤 모양으로 피고 어떻게 마무리를 짓는지 까지는 도통 이르지 못했다. 도시에 안녕을 고하고 농촌으로 내려올 때 나는 게으르게 살자, 게으름 속에 행복이 있나니, 등등 잠언 같은 것들을 머릿속에 잔뜩 넣어두고 있었다. 그 뒤로 십이 년, 나는 행복했던가?

산다는 것은 참 어렵다. 어렵다고 생각하고 들여다보면 더욱 어렵다. 아무 생각 없이 볼 수 있다면, 몸으로 느낄 수 있다면, 보고 느낀 그것을 소처럼 되새김하며 음미할 수 있다면 어려운 것도 쉬운 것도 분별할 필요 없이 그 자체로 내게 유용한 양분이 될 텐데, 나는 아직 그 경지에는 이르지 못했다.

어머니와 함께 살게 된 지금에야 비로소 게으름에도 품질이 있고 등급이 있다는 것을 어렴풋이 깨닫게 된다. 어렴풋이, 그야말로 어렴풋일 뿐이다.

땅은 그 어떤 수치도 원칙도 통계도 허용치 않는다.
오직 사랑만을 요구한다.
'사랑해, 사랑해' 말로만 하는 그런 사랑이 아니라
가슴을 열어 보일 것을 요구한다.
뜨거운 피가 흐르고 있음을 확실하게 보여줄 것을 말이다.
땅 속에서 캐낸 생강을 보며 문득 그런 생각이 들었다.

어머니의 기억에도
봄이 온다면

　　　　　　　　　마당의 수선화를 양지에서 음지
로 실험 삼아 옮겨보기로 하고 땅을 파던 중에 잠든 개구리를 깨
우고 말았다. 개구리만 깨웠나 했는데 도롱뇽도 깨웠다. 이 녀석
들이 어쩌자고 이렇게도 아무 데나 그것도 겨우 육칠 센티미터 정
도 깊이에 잠자리를 정했을까, 생각해보니 내가 수선화를 양지에
서 음지로 옮겨심기로 한 이유와도 맥이 통하는 것 같다.

　수선화는 자연 상태에서 피는 꽃 가운데 아마 가장 먼저 피는 꽃
이라 할 수 있다. 이따금 한겨울에 피어서 사람을 놀라게 하는 개
나리도 본격적인 개화는 수선화보다 훨씬 늦다. 오륙 년 전만 해도
수선화는 날씨의 변덕에 그리 큰 영향을 받지 않았다. 수선화가 필
무렵에 갑작스런 추위가 없었다는 얘기이다. 꽃샘추위가 몰려온

다 해도 서릿발이나 치는 정도였지 기온을 영하 오륙 도까지 끌어내려 피어난 꽃들을 죄다 얼려 죽이는 사태는 내 기억에 없었다.

작년 재작년 연이어 늦추위가 몰려왔다. 삼월과 사월에 일 미터 가까이 눈이 쌓이기도 했다. 그 바람에 봄이 왔다고 신나게 피었던 수선화가 멀쩡하게 선 채로 꽁꽁 얼어 버렸다. 추위가 물러났을 때 꽃들은 뜨거운 물에 데친 나물처럼 축축 늘어지고 말았다.

초등학교 이 학년이었던가, 삼 학년이었던가, 어느 날 암자에 기거하시는 외할머니를 찾아갔다가 수선화를 보고는 많이도 아니고 달랑 한 뿌리 얻어다가 심은 뒤로 까맣게 잊고 있었다. 청년이 되어 도시를 전전하던 어느 해 집에 와 보니 달랑 한 뿌리였던 수선화가 백여 촉 이상으로 늘어나 있었다. 어머니가 매년 거름도 주고 옮겨심기도 하고 해서 그렇게 늘려놓은 것이다.

그리고 또 잊고 있다가 십이 년 전 귀향했을 때 보니 헤아릴 수 없을 정도로 번식을 했는데 족히 삼백여 촉은 되어 보였다. 그 가운데 딱 십 퍼센트만 어머니에게 달라고 해서 삼십여 뿌리 정도를 캐다가 마당에 심고 이사를 할 때 다시 옮겨 심었는데 여하튼 그것이 지금은 삼백여 촉으로 늘어났다.

물론 늦추위 따위에 수선화가 통째로 죽는 일은 없다. 꽃은 얼어죽는다 해도, 알뿌리는 엄동설한 혹한기에 아무도 모르는 흙 속에서 몸집을 불리고 싹을 내는 식물이다. 그것을 알면서도 나는 어쨌든 무엇이든 해야만 할 것 같았다. 그렇게 연구를 해서 얻어낸 결론이 양지에서 음지로 옮겨 심자는 것이다. 양지에서는 봄이 아직 안 왔는데도 봄인 줄 알고 싹을 내고 꽃대를 내밀어 비명횡사를 당한다는 아주 단순한 생각이 낳은 결론이다.

"오매 이것이 뭇이다냐."
날카로운 비명소리와 함께 어머니가 뒤로 발랑 넘어지는데 그 앞에 도롱뇽이 있다. 당신 딴에는 아들이 수선화를 심기 좋게 하기 위해 흙을 잘게 부순다고 만지작거리다가 도롱뇽을 집어 들고는 물컹 하는 감촉에 그만 놀란 모양이다. 개구리가 나왔을 때는 한 걸음 떨어진 곳에서 보기만 했기 때문에 "어매 깨구락지네" 하고 말았지만 도롱뇽은 직접 손으로 만지고 보니 그 느낌이 아마 심장으로까지 직통했을 터이다.
　"에이 엄마도 참, 자기가 무슨 열아홉 소녀인 줄 아나벼. 아 그걸 보고 그렇게 넘어지면 어떡해."

"무슨디."

"아 이게 뭘 무서워. 도롱뇽이구만."

"도롱?"

"그전에 왜 그 도랭이 알 있었잖어. 설 지나고 보름 지나서 먹으면 여름에 더위 안 탄다고 아버지랑 당숙이랑 잡으러 다니고 했던 것 말이여."

"이것이 도랭이 알이라고?"

"아니 이것이 말고, 이것이 알을 낳으면 그게 도랭이 알이라고."

어머니는 알겠다는 듯 으응, 하는데, 실제로 알았는지 아닌지는 차치하고, 순간 어떤 기억이 내 머릿속을 요란하게 흔들어댔다. 그날 이후 까맣게 잊고 있었던, 어머니를 하마터면 낙상하게 해서 불치의 상태로 몰아갈 뻔 했던 기억. 초등학교 삼 학년이었던가 사 학년이었던가 하여튼 외할머니에게서 수선화 한 뿌리를 얻어 오던 시기와 거의 맞물리는 시절에 있었던 일이다.

그 당시 가설극장이라는 것이 있었다. 농사가 본격적으로 시작되기 전 이른 봄과 농사일이 얼추 끝난 늦가을 그렇게 일 년에 두 차례 와서 면소재지 옆 공터에 천막을 치고 영화를 상영하는 이동극장이다. 이때가 되면 마을마다 비상이 걸렸다. 형들은 군용 반도와 자전거 체인으로 은밀하게 무장을 하고, 누나들은 저녁밥을 먹기도 전부터 '구리무'와 동백기름으로 냄새를 피워대며 어른들의 잔소리를 듣는다. 이 집 저 집에서 '썩을년', '미친년', '다리몽뎅이가 성할 줄 아느냐' 등등 소리가 담을 넘는다. 다리야 부러지건 말건 내 알 바 아니라는 듯 누나들은 어둠이 깔린 거리로 하나둘씩 나오고, 마을 어귀에서 기다리던 형들은 그녀들을 호위하며 처음에는 살금살금, 그러다가 차츰 와작와작 웃어가며 가설극장으로 향한다.

영화는 형이나 누나들만 보고 싶은 것이 아니었다. 꼬맹이들도 다르지 않았다. 그러나 가설극장 영화는 대부분(요새 말로 하자면 십구금) 성인물이어서, 형들과 누나들의 전폭적인 지원 내지 공모가 없으면 천막 밖에서 덜덜 떨어가며 소리나 듣는 것으로 만족해야 했다. 꼬맹이들도 대부분 한 번 정도는 어떤 경로를 통해서든 영화를 보았거나(안 보았다 해도 본 것 이상으로 실감나게 이야기를 들어서) 알고 있었다. 아예 모른다면 보고 싶다 어쩐다 애를 태울 일도 없을 것을, 감질나게 한 번 보았거나 이야기만 들었던 탓에 더욱 보고 싶어지는 것이다.

나로 말할 것 같으면, 여배우의 젖가슴이 다 나온 것도 아니고 윗부분만 하얀 찐빵처럼 도드라진 모양을 보았을 뿐인데도 그것을 한 번 더 보고 싶어 안달이 날 지경이었다. 그리하여 일 년 선배 하나와 후배 하나 그렇게 셋이 작전을 짜기에 이르렀는데 그것이 바로 도롱뇽 알이다. 말하자면 형들에게 도롱뇽 알을 미리 뇌물로 바치고 가설극장이 오면 달라붙자는 것이다.

지금은 고인돌 공원 조성으로 사라진 '매산' 마을 뒤 '건네산'을 넘으면 '오뱅이골'이 나오고, 이 오뱅이골에 딸린 여러 개의 작은 골짜기 가운데 하나로 '애장골'이란 데가 있었다. 물동이 같은 옹기그릇이 무수하게 엎어진 채로 쌓여있는 이 애장골은 말 그대로 죽은 아이를 장사지내는 곳인데, 그 아래쪽으로 습지가 있어서 여기에 도롱뇽이 많았다.

우리는 사실 그때까지도 도롱뇽 알을 한 번이라도 먹어보기는 커녕 징그러워서 손에 닿는 것도 싫어했다. 게다가 애장골은, 아이 귀신들이 덤벼든다 해서 평소에는 쳐다보지도 않던 곳이다. 그런데 그날은, 영화를 본다는, 볼 수 있다는 생각이 모든 두려움과 떨림과 금기를 깨버렸고, 우리는 그야말로 이를 악물고 정신없이 도롱뇽 알을 주워올 수 있었다.

그렇게, 하루를 바쳐서 건져온 도롱뇽 알을 소중하게 밥그릇에 담아서 부엌의 살강 밑에 감춰놓고 날이 밝기를 기다렸다. 그런데 긴장을 한 탓인지, 도롱뇽을 잡느라 피곤했던 것인지 그날따라 늦

잠을 잤다.

"안 일어날래. 얼른 나와서 불 좀 때야."

소리치는 어머니의 목소리를 듣고서야 눈을 비비며 부엌으로 들어가는 순간 사고가 터졌다.

"아이고매, 아이고매 이것이 뭇이다냐."

소리와 함께 어머니가 뒤로 벌렁, 문자 그대로 나가떨어져 있었다. 어머니가 뒤로 넘어짐과 동시에 어머니의 손에 들렸던 밥그릇이 아궁이까지 날아가서 박살이 났고, 그 안에 들어 있던 도룡농 알들은 마치 깨진 묵사발처럼 흙바닥으로 좍 흩어져 버리고 말았다. 그리고 나는, 아침부터 어머니에게 "호랭이나 물어갈, 호랭이나 물어갈" 소리를 열 번도 넘게 들어야 했다.

그 시절의 그 사건을, 그것을 어머니가 혹시 기억하고 계실까 해서 두 번 세 번 거푸 여쭤보았지만, 어머니는 이미 그날로 다 잊어버렸다는 듯 전혀 기억을 못하고, 엉뚱하게도 외할머니가 그것을 좋아하셨다는 말씀만 하신다.

"외할머니가 도랭이 알을 좋아하셨다고?"

"으응, 그려어."

"에이, 거짓말. 소고기국도 안 좋아하셨는데 무슨 산 도랭이 알을."

"음마, 참말이랑게."

그 표정을 아마 '오꿈하다'고 하는 것일 게다. 어머니는 그렇게, 눈을 오꿈하게 뜨고 나를 본다. '오꿈하다'는 왜 사람 말을 안 믿느냐는, 그런 뜻이다. 그런데 외할머니가 정말 그 알을 좋아했을까? 손자인 나는 전혀 기억이 없지만 딸인 어머니가 그렇게 기억을 하니, 나로서는 일단 믿는 거 밖에는 도리가 없다.

그나저나 어머니의 기억창고는 참 오묘하다. 아들과 관련해서 좋았던 것만 저장을 하고 말썽 피우던 안 좋은 것들은 죄다 폐기하게끔 되어 있는 것일까? 추운 한파에도 죽지 않고 땅 속 깊이 살아 있다가 봄에 꽃을 피우는 수선화 뿌리처럼 어머니의 기억에도 봄이 찾아와 다시 꽃을 피울 수는 없을까? 부질없는 간절함이, 안타까움으로 이어지는 생각이 꼬리에 꼬리를 문다.

매서운 한파에도 죽지 않고
땅 속 깊이 살아 있다가
봄에 꽃을 피우는 수선화 뿌리처럼
어머니의 기억에도 봄이 찾아와
다시 꽃을 피울 수는 없을까?

남겨진 것들,
버려진 것들

늦가을 농촌은 밖에 나가서 눈만 크게 뜨면 보이는 게 먹을 것이요, 돈거리다. 돈으로 보자면 돈거리요, 먹을 것으로 보자면 먹을거리인 것들이 지천인 것이다. 버려진 이것들이 날마다 '밥값' 걱정으로 태산을 쌓았다가 헐기를 반복하는 어머니에게는 아주 훌륭한 일거리가 되어준다. 그리하여 하필 일기조차 몹시 불순한 날 어머니를 모시고 현장으로 나갔다.

"오매, 이것들이 다 뭐여? 무시 작업을 했는가 본디, 으째 사람도 없고 무시만 저렇게."

예상했던 그대로 어머니의 눈이 휘둥그레진다. 바람이 어머니의 머리카락을 흩날리는데 얼핏 무협영화의 한 장면이 생각난다. 하필 무협영화를 생각해낸 나 자신이 실없어서 피식 피식 웃고 있는데 어머니는 상황파악이 영 안 된다는 듯 연거푸 "이것이 뭐여?"를 반복하신다.

　"나는 지금부터 무를 주워서 차에 실을 테니까 잉, 엄마는 무청을 따서 자루에 담으면 되는 거예요."

　"아니 긍게 이것이 뭣이냐고."

　"아이 참, 보면 몰라요? 무 밭이잖아. 밭떼기 장사치들이 가져갈 것 가져가고 남은 것들이라니까."

　"오매 시상에, 이것들이 남은 것이라고?"

아니다. 틀렸다. 실은 남은 것이 아니라 버려진 것들이다. 큰 것은 크다고 버리고, 작은 것은 작다고 버린다. 둥근 것은 둥글다고 버리고, 골이 파인 것은 골이 파였다고 버리며, 새끼를 친 것은 또한 새끼를 쳤다고 버린다. 사람으로 치자면 에스라인에 미모 정갈한 것들만을 취하고 나머지는 그야말로 골라, 골라, 골라서 버린다.

　이렇게 골라서 버린 것을 어머니와 나는 그야말로 골라, 골라, 골라서 주워 담기만 하면 된다. 아무 것이나 그냥 주워 담아도 되지만, 에스라인에 미모 반듯한 것들만 골라서 싣는다고 트럭이 종횡무진 무를 으깨고 다녀버린 까닭에 상처 난 것들을 피하다 보니 그렇게 고르는 형국이 되고 말았다.

새삼스런 일도 아니다. 매년 반복되는, 이를테면 연례행사일 뿐이다. 이런 황당한 연례행사의 고리를 끊어낼 만한 비책을 내놓는 사람이 있다면 그는 아마 세세년년 대통령을 해도 장기집권 어쩌고 하는 비판에서 자유로울 것 같다는 엉뚱한 생각이 들기도 한다. 옛날 중국에서는 물을 제대로 다스리는 자가 현군이요 덕군으로 칭송을 받았다지 아마?

이십일 세기 대한민국에서는 물이 시급한 문제가 아니라 농산물 관리를 제대로 해내는 일이 화두로 떠올랐다. 그러나 어떤 정치인도 농산물 관리에는 별 관심이 없어 보인다. 관심을 집중하지도 않거니와 대대적인 투자를 생각해보지도 않는다. 문제가 불거지면 그제야 너도나도 한 마디씩 걱정스럽다며 사뭇 심각한 표정을 지어보이지만 카메라에 전원이 꺼지고 기자들이 떠나면 이제 됐다 하고 잊어버린다. 그러니 기껏 개발했다고 내놓는 정책이 '폐기처분'이요 '생산비 보전'이라는 두 단어일 수밖에 없다.

말이 좋아서 생산비 보전이지 이백 평 한 마지기로 따져 삼십 몇만 원이라니까 계산을 해보면 씨앗 값이나 겨우 될까 말까한 금액이다. 과거에 그랬던 것처럼 개인이 저마다 씨앗을 받았다가 다음 해에 심고 또 심고 그러는 영농이 아니라 다국적기업에서 공급하는 씨앗을 거의 강제적으로 구입해서 사용하다 보니 씨앗 값이 거름 값에 맞서는 상황이 된 것이다. 금년에도 배추와 무 십만 톤을 폐기처분한다는 단발성 정책이 발표되었다. 무지막지하게 그냥 갈아엎을 생각만 할 것이 아니라 거둬들여서 다른 데 준다는 생각은 해볼 수 없는 것일까?

아무튼 어머니와 나는 버려진 무를 줍고 무청을 줍는다. 이렇게 주운 무청을 짚으로 엮어서 생으로도 말리고, 연탄불에 푹 삶아서도 말리고, 이런저런 모든 방법을 동원해서 마구마구 말릴 예정이다. 그러면 무청만 그렇게 말리느냐. 아니다. 무도 일부는 땅을 파서 묻고, 일부는 동치미에 깍두기에 온갖 김치를 담그고, 그러고도 남는 것들은 칼로 잘게 썰어서 무말랭이로 말린다. 말리고 또 말리고, 오늘도 말리고 내일도 말린다. 이렇게 끝없이 말려서 뭐 하냐고? 글쎄 뭐, 어디 줄 사람 있으면 주기도 하고, 어디 팔 데 있으면 팔기도 하고, 먹을 일 있으면 먹기도 하고 뭐 대충 그런 답이 나오지 않겠나 싶은데, 어쨌든 일단은 말리고 본다.

화무花無는 십일홍+日紅이요, 달도 차면 기운다는 말은 여기서도 필요하다. 이 계절이 지나면 말리고 싶어도 말릴 수 없는 것이 바로 이것, 무청이요 무말랭이인 것이다.

한 시간이 채 안 되어 이인승 미니밴으로 한가득 무와 무청이 들어찼다. 이 정도면 어머니가 최소한 보름 정도는 '밥값' 걱정으로 한숨 쉴 필요가 없을 만큼의 일거리가 되겠다 싶은데, 그런데 어머니는 일어날 줄을 모른다. 이제 그만 가자고 어깨를 부축해서 일으키려고 하면 "이것 하나만 더" 하시고, 그것 하나 정리하기를 기다렸다가 이제 갑시다, 하면 또 다시 "이것 하나만" 하신다.

"아따 참말로 환장하겠네. 이제 그만 하고 가자고요, 추워 죽겠구만."

"으찌케 그냥 가아?"

"아 그러면 나더러 어쩌라고."

"이것 하나만 더 실어."

"이것 하나 싣고 나면, 또 저것 하나만 더 실어, 이럴 것 아녀?"

"죄로 가. 벌 받는당게."

"아따 그것은 또 뭔 말씀이라요?"

"사람이 먹는 것을 버리믄 죄로 가는 것이여."

와, 미치겠다 이거. 죄를 짓지 않으려면 벌을 받지 않으려면 커다란 트럭이라도 끌고 와서 무를 다 실어야만 할 터이다. 트럭도 한두 대로는 어림도 없다. 어머니 말씀은 하나도 틀리지 않다. 너무도 어이없게, 너무도 터무니없게, 너무도 갑작스럽게 죄인이 되어버린 나, 머릿속이 하얗다는 느낌인 채로 한참이나 멍하니 서서 널따란 무밭을 보고 있다. 그러자니 문득문득 주마등같은 생각들이 휙휙 지나간다.

아, 보면 볼수록 답답하다. 이 바다처럼 널따란 밭에서 마음껏 뛰어다니다가 아무 데나 쪼그리고 앉아 무를 줍고 무청을 줍는, 이런 신나는 체험학습은 어째서 아직도 없는지 모르겠다. 갯벌체험학습을 한다고 특별 제작한 경운기를 타고 들어가서 조개들을 경운기 바퀴에 몰살시키는 체험학습은 곧잘 하면서도 이런 생산적인 체험학습 프로그램은 어째서 없는 것이냐 응?

희망근로라는 것만 해도 그렇다. 그 프로그램에 참가한 사람들, 괜히 하는 일도 없이 거리에서 어기적거리게 할 것이 아니라 버려진 무를 줍게 할 수는 없는 것일까. 세계 인구의 이십 퍼센트 이상이 굶주림에 허덕인다고 하는데, 아니 뭐 세계까지 갈 것도 없이 북한만 해도 그렇다고 하는데, 희망근로에 참가한 사람들이 그야말로 희망 비슷한 것이라도 가져볼 수 있게끔, 저렇게 버려진 무를 주워서 어떻게 활용할 방법을 찾아보는 노력을 해볼 수는 없는 것일까. 별 다른 생각 없이, 무와 무청을 줍겠다는 그런 아주 소박한 생각 하나만 가지고 나섰던 길이 아주 이상하게 되어 버렸다.

어머니는 이렇게 끊임없이 나를 채찍질하신다. 생각하는 동물이 되라고 하신다. 그렇다고 언제까지나 바람 부는 들판에 서서 계속 생각만 하고 있을 수는 없는 노릇이다. 겨우 어떻게 달래서 차에 타려고 하는데 어머니는 한 번 더 돌아서서 "아이고, 저것들을 어찌까" 하고 혀를 차는가 싶더니 바로 앞에 있는 무 하나를 가리키며 "저것 하나만 더" 하신다. 누가 말리랴. 어머니를. 우리 어머니를.

"사랑이 없는 것을 버리면 죄로 가는 것이여."

벌을 받지 않기 위해 버려진

무를 모두 실으려면

거다란 트럭 한두 대로도 어림없다.

그러나 어머니 말씀은 하나도 틀리지 않다.

오처럼 일다운 일거리를 만난 어머니는

무밭에 앉아 일어날 줄을 모르신다.

안부마저 묻고
싶은 시간

연말이 되니 노래하고 춤추는
그림들이 텔레비전에 자주 나온다. 어머니가 문득 '콩밭 메는 아
낙네야' 로 시작되는 노래 한 소절을 따라 부르시는데 그 초성이
마치 내가 언제 치매 따위에 걸렸더냐 싶게 풀잎이 떠는 듯하고,
굵은 밧줄이 몸을 휘감는 듯해서 왈칵 눈물이 쏟아지려 한다.

"엄마, 엄마, 뭐해? 노래 해?"

어머니의 노래를 듣고 있던 내 입에서 갑자기 나온 말이 겨우 그
정도였다. 텔레비전을 봐도 그저 그림이나 볼 뿐 내용에 대한 이
해가 전혀 없던 어머니이고 보면 내가 놀라는 것도 무리가 아니
다. 그 전날 버려진 무 밭에서 "이러면 죄로가, 벌 받는당게" 하면
서 무 하나라도 더 줍자고 우기는 어머니에게서 상서로운 조짐을

느끼기는 했다.

아들이야 그렇게 놀라거나 말거나 어머니는 그 뒤로도 잠시 더 따라 부르다가 더 이상 기억이 안 나는지 입을 꾹 다물고 화면만 응시하고 있다. 옆에서 아들이 잡음을 넣은 탓에 기억이 오다가 돌아가 버렸나 싶기도 하고, 아무튼 나로서는 안타깝고 초조한 마음으로 사태의 추이를 지켜보기로 했다.

그렇다고 아무 하는 일 없이 그냥 지켜보거나 해서 될 일은 아니고, 이 시점에서 내가 할 수 있는 일이 무엇인가, 꼭꼭 숨어 버렸던 어머니의 기억이 마침내 머리꼭지를 보이기 시작한 지금 나는 무엇으로 보조를 해야 하나, 등등 고민을 거듭한 끝에 같이 영화를 보기로 했다.

사라진 기억을 복원하기 위해서는 그 사람의 생애에서 가장 슬프거나 기쁘거나 감격스러운, 혹은 충격적인 어떤 사건을 떠올리게 하는 그림이나 소리가 좋을 것 같았다. 어머니의 생애에서 슬픔과 충격 그리고 감격이 복합적으로 뒤엉킨 사건을 들자면 아무래도 열세 살에 결혼을 해야만 했던 시절로까지 거슬러 올라가야겠지만, 그 시절은 내가 세세하게 아는 것이 거의 없는 까닭에 일단 춤바람이 날 뻔했던 어머니의 중년 시절 한 대목을 다뤄보기로 하고 일본 영화 〈셸 위 댄스〉를 골랐다.

영화 〈셸 위 댄스〉가 춤바람이 날 뻔한 어머니의 중년 시절과 눈곱만큼이라도 연관된 서사가 있는 것은 아니지만, 춤이라는 것이 기본적으로 인간이 자기 자신의 살아 있음을 표현하고자 하는 일종의 몸부림 같은 것이라면 정서적으로 감흥을 불러일으킬 만한 그림이 많다는 생각이 들었다.

반응은 십 분도 채 안 돼서 나타나기 시작했다. 저게 어디 사람인지 모르겠다고 어머니가 고개를 갸웃거리신다. 이어서 "중국 사람인가 일본 사람인가 모르겠다"는 말이 나오고 "일본 말인가 본디 하나도 못 알아듣겠다"는 말이 뒤를 잇는다. 그리고 춤추는 장면에서 관심을 집중하는 어머니의 눈. 아, 내 생각이 제법 적중했나보다. 때를 놓치지 않고 불쑥 질문을 한다.

"엄마, 창림양반 기억해?"

"아 그 인간을 내가 잊었으까. 그 나쁜, 그 징헌, 도독 노옴을."

마치 내가 그 질문을 해주기를 기다리고 있었다는 것 같다. 단일 초의 망설임도 없이 어머니는 대번에 진저리를 치는가 싶더니 눈앞에 있으면 물어뜯기라도 하겠다는 듯이 입을 오물오물 하다가는 드디어 잡아 뜯었다는 듯이 입을 꾹 다물어 버리는데 어쩌나 힘을 주었던지 양쪽 볼이 파르르 경련을 일으킬 정도이다.

창림양반이란 우리 마을 매산은 물론 근동에서도 그 비슷한 종류를 단 한 명도 찾아볼 수 없을만한 독보적인 한량이었다. '개미와 배짱이 이야기'에서 배짱이를 쏙 빼닮았지만 배짱이처럼 구걸을 하거나 겨울 한철 굶어죽을까 걱정을 하는 사람은 아니었다. 제아무리 일손이 바쁜 계절이라 해도 시정에 앉아 따닥 딱 북을 두드리며 육자배기나 단가 혹은 판소리 가운데 어떤 대목 같은 것들을 목청도 좋게 뽑아내는 그는, 언제나 당당하고 여유만만하고 능청스럽고 그리고 무엇보다 권위적이었다.

그렇게 살아도 좋을 만큼의 땅을 그가 소유하고 있었는지는 알 수 없지만 어쨌든 농사는 비교적 많이 짓고 있었다. 그의 매제가 경찰관인데 매년 몇 마지기씩 처남의 이름으로 땅을 사서 관리를 맡긴다는 확인하기 어려운 소문도 돌았다. 아무튼 머슴을 부리고 거의 매일 삯군을 사는 등 먹고 사는 일에 궁하지 않은 사람이었다. 또 농사철에 오랜 기간 비가 안 와서 마을이 온통 시름에 빠졌어도 지나가는 사람을 발견하면 누구든 붙잡아 앉혀놓고 술을 따라라, 마셔라, 노래 한 곡 뽑아라, 하는 식으로 사람을 난처하게 만드는 재주도 남다른 인물이었다.

창립양반에 대한 사람들의 태도는 뭐랄까, 만나면 피하고 싶지만 피하고 나면 이내 돌아서서 어울리고 싶어지는 그런 애매한 관계라고나 할까. 그것은 남녀를 불문하고 같았다. 남자들에게는 부담스럽지만 결코 싫지 않은 술벗이고, 여자들에게는 밉지만 한 번 더 보고 싶어지는 그런 남자였다. 때문에 그날 일을 망쳐서 부부 싸움은 할지언정 창립양반을 원망하는 소리는 찾아볼 수 없었다. 하지만 그것은 창립양반 본인의 순수한 인기 때문만은 아니었다. 아무튼 그는 마을 사람들에게 비쳐진 묘한 매력(?)을 바탕으로 점차 사기꾼의 길로 접어들었는데, 그때가 팔십 년대 초반이다.

서울에서 최루가스에 쩔어버린 몸을 좀 씻고자 하는 생각으로 고향을 찾았는데 어머니가 안 계셨다. 술집에나 계셔야 할 아버지가 괜히 빙글빙글 웃어가며 한 마디 하시는데 지금 생각해도 웃음이 나올 정도로 파격적이었다.

"느그 어매 바람났다, 야. 춤바람 났어."

어처구니없는 발언이었지만, 나중에 알아본 바에 따르면 아직 바람이 날 단계는 아니었다. 창림양반이 북 치고 노래하는 데도 이제는 싫증이 나서 춤을 배우기 시작했는데 독선생을 모셔다가 기본부터 아주 철저하게 배운다는 것이다. 그런데 비싼 선생을 모셔놓고 혼자서만 배우기는 아까우니 마을 사람 가운데 원하는 사람은 누구라도 함께 할 수 있다고, 아버지는 풍류 가무에 영 소질이 없어서 참가를 안 하고 어머니만 나가셨다는 거였다.

"아니 아버지, 어머니 저러다 정말로 바람이라도 나면 어쩌시려고 보고만 계세요."

"그까짓 바람이 뭘 무섭데? 뺄 것 다 빼린 사람이 뭘."

서울로 돌아오기 전날 아버지에게 한 마디 걱정을 드렸다가 무안만 당했다. '뺄 것 다 빼린'이라는 말이 무슨 뜻인지 한참을 생각하다가 그만 폭소를 터뜨리고 말았다. 앞으로 아이를 낳을 사람도 아닌데 바람도 까짓 대수롭지 않다는 뜻이었던 거다. 팔십 년대라는 시대는 그렇게도 참 이상하게 풀어진 시절이었다. 면소재지에는 이미 카바레 간판을 단 술집도 들어와 있었다. 제비니 꽃뱀이니 하는 직업이 본격적으로 데뷔를 한 시기도 아마 그 즈음부터였을 게다.

아무튼 한동안 잊고 있었는데 어느 날 마을이 온통 쑥대밭이 되었다는 얘기가 들렸다. 창림양반이 야반도주를 했다는 거였다. 마을 사람 어느 누구도 창림양반에게 돈이 안 걸린 사람이 없었다. 돈이 없는 사람은 하다못해 품삯이라도 걸려 있었다. 품삯도 하루 이틀치가 아니었다. 꽤 오래 전부터 계획을 세우고 있었던 것인지 어떤 사람은 사오 개월치가 밀려 있기도 했다. 품삯을 못 받은 사람 가운데 어머니도 있었다.

"엄마는 그때 얼마나 떼인 거여?"

"몰라 나도."

"모르긴 뭘 몰라. 창림양반 도망간 것은 알잖어."

"아 금매 그당게. 그 썩어도 못 죽을 인사가, 나도 그때 이틀치던가 사흘치던가 못 받은 것이."

"에이, 말도 안 되는 소리, 고작 그 정도 떼먹으려고 야반도주까지 했단 말여?"

"음마아, 그랬당게."

내 기억으로는 어머니가 그때 떼인 품삯은 이틀 사흘치가 아니었다. 봄철 보리밭 김매기부터 시작해서 여름철 보리타작과 모내기까지 끝내줬다고 했으니 날짜로 치면 최소한 오십 일은 되었다. 오십 일 분의 품삯이라면 어머니에게는 아주 큰 돈이다. 그리고 그 돈을 받으면 어디에 어떻게 쓰겠다는 아주 세세한 계획이 다

세워져 있었을 것이다. 계획이란 보나마나 참고서 한 권 제대로 사줘본 적이 없는, 육성회비 한 번 제때 줘본 적이 없어서 늘 마음이 아팠던 자식들과 연관된 것이겠지만.

"생각해봐. 기억 안 나?"

"아 뭣얼?"

"창림양반한테 떼인 돈이 이틀치가 아니라 오십일치였잖아."

"아이고 몰러어. 아 근디 도독놈덜은 어찌케 잠을 자는지 몰러. 다리는 뻗어질랑가? 눈은 감아질랑가? 숨소리는 낼랑가?"

어머니는 계속 동문서답이다. 아니 어쩌면 동문서답이 아닌지도 모른다. 아, 그런가보다. 예나 지금이나 어머니에게 중요한 것은 떼인 돈이 얼마냐 따위가 아니었던 것인지도 모른다. 사람의 마음을, 믿음을 배반한 자에 대한 용서할 수 없는 감정이 쌓이고 쌓여서 잊고 싶어도 잊을 수가 없게 되어버린 것인지도 모른다.

그야 어떻든 나로서는 근래에 보기 드문 소득이었다. 어머니의 기억이 그만큼이라도 되살아날 수 있도록 소재를 제공한 사기꾼 창림양반에게 고마움을 표해야 하는지도 모르겠다. 살아 있다면 그도 칠십 후반 아니 팔십에 들었을 것이다. 어머니 말씀마나 그간 잠이나 제대로 발 뻗고 잤을지, 숨은 잘 쉬었을지, 별 소용도 없을 안부마저 묻고 싶은 시간이다.

문득 찬 공기가 그리워

방문을 열고 나서니

지붕 아래 길게 내린

고드름 사이로

칠흑 같은 겨울 밤풍경이

눈에 들어온다.

메주 향에 취한
겨우살이

　　　　　　　　　태어나서 처음 내 방식대로 메
주를 쑤어 보았다. 된장을 돈 주고 살 때마다 나도 직접 만들어야
겠다, 만들어야겠다, 하면서도 못하고 매년 뭐가 그렇게도 바쁜지
시기를 놓치곤 했었다. 올해는 어머니가 계신 덕택에 함부로 어디
'끼데나가' 지도 못하고 아주 간단하게 하자, 하는 생각 한 번으로
그냥 실행에 옮길 수 있었다. '끼데나간다' 는 말은 어머니가 아들
어렸을 때 자주 하시던 말씀이다.

　"썩을늠이, 뭣 좀 시킬라 했더니 그새 또 끼데나가 버렸구만 잉."

　가만히 생각해보니 올해 들어 처음 해본 것들이 참 많다. 마루가
새끼를 낳아서 산후조리에 필요한 것이 무엇인가를 생각해본 것
도 처음이고, 맨손으로 똥을 만져본 것도 처음이다.

더구나 이 똥에 있어서는 처음부터 똥인 줄 알았던 것이 아니었던 까닭에 손으로 집었을 뿐만 아니라 코에 대고 냄새를 맡아보기도 하고, 그래도 그 정체를 모르겠어서 입에 넣고 살짝 씹어보기도 했으니, 그야말로 똥 된장 구분을 못하고 허둥거린 한 해였던 셈이다.

기왕 똥 얘기가 나왔으니 마무리를 짓자면 그날 맛을 보고서야 나는 똥이 똥인 이유를, 사람은 똥을 먹을 수 없게 구조되었다는 것을 체험을 통해 알았으니 이 또한 어머니의 덕이라 할 것이다.

어머니는 변을 보신 뒤에 무슨 생각이 떠오르는 것인지 가끔 그것을 바가지로 떠서 목욕통 안에 넣어두곤 하시는데 뭔가 깊은 뜻이 있는 것 같지만, 그에 대해서는 아직 관찰과 연구를 거듭하고 있는 중이라 지금은 딱히 뭐라 말할 수 없다.

지금이야 농사철이 따로 없이 한겨울에도 오이가 나고 애호박이 나지만, 사계절이 뚜렷해서 호박 심는 시기와 콩 심는 시기가 엄격하게 지켜지던 시절에 농촌에서 메주를 쑤기 시작하면 바깥일은 거의 끝났다고 볼 수 있었다.

농번기 내내 땀을 흘렸던 아빠들의 가슴에 살짝 바람이 드는 것도 이 계절이고, 여기저기서 가벼운 부부싸움 소리가 들리는 것도 이 계절이다. 새끼를 꼰다고, 가마니를 짠다고 잔뜩 챙겨놓고도 아직은 일손이 안 잡히는 까닭에 어디 멀리서 누구 지나가는 그림자만 보여도 쫓아나가서 "어이, 어디 가는가?" 친절을 보이기 일쑤인 아빠들. 그들은 메주를 쑨다고 콩에 돌을 고르고 있는 엄마의 눈치를 슬슬 살피다가 어느 순간 "그려? 알았네. 쬐까만 기둘려 금방 나갈게" 하고 일단 큰 소리로 엄마에게 보고를 하고, 그리고는 걸음아 어서 가자, 재빠르게 고샅(시골 마을 좁은 골목길 _편자 주)으로 줄행랑치는 것이다.

그렇게 집을 탈출한 아빠들은 일단 주막으로 들어간다. 살얼음이 내려앉은 동치미와 생두부에 김장김치를 안주삼아 막걸리 두세 잔을 걸치고 나면 이윽고 귀에 쏙쏙 들려오는 소리가 있다. 주막집 저 안쪽 방에서 은밀하게 두런거리는, 그러나 들었으면 어서 오라는 뜻이 분명하게 담겨 있는 딱 딱 하고 꽃그림 맞추는 소리.

시간이 얼마 흘러 해가 설핏해지고 굴뚝에서 연기가 오르기 시작하면 집집마다 아이들이 하나씩 나와 주막으로 들어간다. 잔돈푼이나마 소득을 올린 아빠는 진지 잡수게 얼른 가자는 아이들을 핑계로 얼른 자리를 털고 일어서지만, 소득은커녕 잔뜩 잃어버린 아빠들은 패자부활전이라도 하듯이 꼼짝 않고 계속 그림 맞추기에 몰두하고 앉았다가 마침내 참지 못하고 달려온 아내들의 바가지 깨는 소리를 듣고서야 입맛을 쩍쩍 다시며 일어선다.

"아 거, 여편네가 그새를 못 참고 뭔 난리가 났다고 쫓아 나오고 난리여?"

"사돈 남 말 허고 있네. 그새를 못 참고 먼 짓이여? 논 팔아먹을 겨?"

"아 그래봐야 며칠이여, 며칠. 내가 무슨 노름꾼인가."

사실 그렇다. 정말로 며칠일 뿐이다. 대개의 아빠들은 겨울이 깊어지면 집에 앉아서 가마니를 짜고 멍석을 엮느라 겨울이 언제 가버렸는지도 모르게 봄을 맞는다. 그러니까 노름을 좋아하는 사람은 따로 있다는 얘기이다.

어른들의 세계는 그렇다 치더라도, 아이들의 세계에서 메주를 쑤는 계절은 이중으로 고통스럽다. 우선 활동 공간이 대폭 줄어서 불편하고, 다음으로는 코를 찌르는 냄새에 날마다 얼굴을 찡그리고 살아야만 한다. 처음 메주를 쑬 때는 옆에 쪼그리고 앉아 삶은 콩을 얻어먹는 재미가 있고, 메주에서 곰팡이가 피기 직전까지는 엄마 몰래 야금야금 쏙쏙 뜯어먹는 재미도 있다. 그러나 곰팡이가 피기 시작하면 저놈의 메주를 왜 방에 두어야만 하는지 말 못할 불만이 하늘을 찌른다.

농촌의 집이라는 것이 대체로 방 두세 개에 부엌 하나 광 하나로 되어 있는데, 겨울이면 으레 방 하나는 가마니를 짜는 공방으로 변해 버리기 때문에 큰방에서 모든 생활이 이뤄지기 마련이다. 큰방도 말이 좋아서 큰방이지 평수로 치자면 네 평이 조금 넘을 정도나 될까 싶다. 방문에서 맞은편 봉창이 있는 쪽에는 언제나 베틀이 놓여 있어서 방의 사분의 일 정도를 이미 차지해 버렸고, 윗목에는 또 '앞다지'라 불리는 농이 있어서 그만큼의 자리를 차지하니 네 평짜리 방은 이미 세 평도 안 되게 줄어 있다.

여기에 늦가을이면 앞다지 옆으로 수수깡을 엮어서 만든 울타리 안에 고구마가 잔뜩 쌓이게 된다. 그리고 마침내 메주가 만들어지는 시기가 도래하면, 방은 아예 절반으로 줄어든다. 잘 차려놓은 제사상처럼, 도열한 병사들처럼 윗목을 완전히 차지한 채로 냄새를 풍기는 메주, 메주, 메주들. 그뿐인가. 아랫목에서는 부엌문을 중심으로 왼쪽에서는 청국장이 익어가고, 오른쪽에서는 콩나물시루나 혹은 누룩 냄새를 풍기며 익어가는 술동이가 겨우 내내 교대로 자리를 차지한 채 떠날 줄을 모른다.

특히 청국장은 아이들에게 있어 가히 살인적인 악취(?)를 풍기

는 것으로 유명한데, 무를 숭숭 썰어 넣고 끓이면 제법 맛이 그럴
듯한데도, 끓이기 전의 냄새는 어찌 그리도 악독하게만 여겨졌던
지. 아, 쓰디쓴 씀바귀 속에 숨은 맛을 알면 그나마 세상을 조금은
알게 되었다는 신호라고 했던가. 청국장도, 메주도 그러하다.

"아따 우리 오빠, 으찌케 그렇게도 메주를 잘도 만드시까아."
그렇게도 밉살스럽던 메주와 청국장이, 언제부터 그렇게도 내 입
맛을 사로잡기 시작했는지 지금은 더듬어 기억해낼 수도 없지만,
어쨌든 어머니가 계실 때 오지게 한 번 만들어보려고 메주콩을 구
해다 놓고 어머니의 자문을 받기로 했다. 그런데 자문위원의 자문
이 영 수상하다.
　"뭣을 어떻게 해. 콩을 삶어."
　"아니, 콩을 물에다 불렸다가 삶아야 하잖아. 얼마나 불려야 하
는 거냐고."
　"그냥 물 붓고 삶으랑게."
　"에? 아이고, 않느니 그냥 죽는 것이 낫겠네."

어머니의 자문으로는 메주를 망치겠다 싶어 더 이상 묻지 않고 메주콩 한 말을 커다란 통에 넣고 물을 부었다. 물을 붓자마자 쩍쩍 껍질 갈라지는 소리를 내며 콩알이 부풀기 시작하는데 십 분도 채 안 되어 통을 훌쩍 넘어서 버린다. 이럴 수가. 놀라서 허둥지둥 다른 통에 갈라놓고 한숨을 돌리고 있는데 그것 또한 훌쩍 넘겨 버린다. 쌀이 밥이 되었을 때의 크기만 생각했지 콩알이 부풀었을 때의 크기를 생각해보지 못한 탓이다. 삶은 콩의 양이 애초의 예상보다 적어도 두 배는 많아져 버린 것이다.

그 바람에 한나절이면 되리라 여겼던 메주 쑤기는 일박 이일로 밤을 꼬박 새고서야 끝이 났다. 물론 아들이 혼자서 했다면 하루에 다 마칠 수도 있었을 것이다. 집에 커다란 절구통도 있고 절구공이도 있으니까 한 번에 두세 바가지씩 넣고 찧으면 금방 끝났을 일이다. 그런데도 굳이 어머니를 부려먹고자 작은 고무 통에 한 바가지씩 담아놓고 "엄마가 이거 다 찧어야 해" 했더니 어머니는 무엇이 그리도 좋은지 연방 싱글벙글이다.

그러나 어머니에게 절구질은 이제는 힘에 부치는 일이었나 보다. 콩알이 낱낱이 흩어진 상태에서는 절구공이가 쏙쏙 잘도 들어가지만 하나둘씩 으깨지고 뭉쳐지면서부터 절구공이는 일단 들어가면 나올 줄을 모르고 끙끙 힘을 쓰게 한다. 그리하여 결국 처음은 어머니가 찧고 나중은 아들이 찧고, 다 찧어진 것을 아들이 네모난 메주로 만드는 동안 어머니는 또 처음을 찧는 방식으로 일을 하게 되었는데, 문득문득 어머니의 입에서 나오는 말씀이 또 기막히다.

"아따 우리 오빠 재주도 참 좋으시네에. 으찌케 그렇게도 이쁘게 메주를 잘도 만드시까아."

"에이, 또 오빠라고 하시네 거."

"음마, 오빠를 오빠라고 안 하믄, 글믄 뭐라고 한다요?"

"그러믄 그럽시다. 나는 엄마를 엄마라고 할 테니께, 엄마는 아들을 오빠라고 하시든 뭐라고 하시든, 알아서 하시는데 그 대신 아빠라고는 혹시라도 하지 마시요 잉? 만약에 그러면 난 그냥 칵 죽어버릴 거니까."

그렇게 저렇게, 어머니와 도란도란 얘기 나누며 메주를 만들다 보니 청국장 생각은 까맣게 잊어 버렸다. 삶은 콩을 모두 으깨어 메주 형태를 만들어놓은 뒤에야 "아아 참, 청국장, 청국장을 잊어버렸네", 소리가 입에서 절로 나온다. 아하, 그 일이 그렇게도 즐거웠던가? 그랬던가보다.

무려 일박 이일에 걸쳐
어머니와 밤을 새어가며 메주를 쑤었다.
나는 이제야 겨우 곰팡내 나는 메주 냄새를,
그리고 삶의 냄새를 조금은 알 것 같다.

어머니의 손톱

'신년'이라는 단어의 의미가 주
는 중압감 때문인가 보다. 뭔가 해야 할 일이 있는데 하고 싶지가
않다. 해야 할 일이 무엇인지도 사실은 애매하다. 누구 찾아올 사
람도 없으면서 있는 것처럼 앉았다 일어섰다 누웠다 다시 일어나
서 읽히지도 않는 책을 빼 들었다 도로 꽂으며 남몰래 한숨이나
쉬어대는 시간에는, 이런 때에는 손톱을 깎아야 한다. 어제 이미
깎은 손톱이라 해도, 한 번 더 만지작거리며 내 몸에 드러난 각질
을 느끼고 있노라면 바람난 마음이 어느덧 차분하게 가라앉는다.

도시의 작은 셋방에서 비 오는 날 손톱을 깎고 있노라면, 안 그
래도 작은 내가 한층 더 작아진다는 느낌이어서 금방 눈물이 나올
것 같았다. 마당이 널찍한 시골로 온 뒤로는 그런 느낌은 거의 들

지 않았던 것 같다. 손톱을 깎으면서도 그것에 몰입하지 않고, 가끔 귀에 들리는 새소리에 관심을 갖기도 하고 구름이 춤을 추는 하늘을 쳐다보는 등 딴 짓을 해대는 동안 목구멍까지 차올랐던 이름 모를 슬픔이 스스로 물러나 버리는 것이다.

"엄마도 쓸쓸해? 손톱 깎아줄까?"

"응? 응, 그려."

어머니는 마치 기다렸다는 듯이 두 손을 쓱 내민다. 언제나 그렇다. 목욕을 하자 하면 언제나 두세 번씩은 '아까 했다'는 식으로 몸을 빼지만 손톱 발톱은 다르다. 소풍이라도 약속된 아이처럼 낙낙한 표정이 되어 두 손을 내밀고, 발톱도 깎아야 한다면서 양말을 벗었다가 금방 잊어먹고 도로 신기도 한다.

양말을 벗었다가 다시 신고 나면, 놀랍게도 어머니는 그 사이에 벌써 손톱과 발톱을 모두 깎았다는 듯이 무연하게 텔레비전을 응시한다. 아들이 기구를 들고 다가앉아서 손가락을 잡으면, 그제야 다시 손톱을 기억해내고는 다시 낙낙한 표정이 된다.

어머니의 손톱은 깎이는 느낌이 사뭇 다르다. 내 손톱은 잘라질 때 느낌이 약간 부드럽고 그리 멀리 날아가지 않지만, 어머니의 손톱은 마치 돌이라도 자르는 것처럼 깎이는 순간 부스러지거나 아니면 톡 튀어서 찾아내기 어려운 곳까지 멀리 날아가 버리곤 한다. 체내의 수분이 그만큼 적어졌다는 증거일 게다.

손톱이나 발톱에 흥미를 갖고 들여다본 지도 꽤 오래 되었다. 손에는 손톱이 있고, 발에는 발톱이 있으며, 머리에는 머리카락이 있는데 귀에는 왜 아무런 보호 장치도 없나, 하는 질문을 스스로에게 던져놓고 밤잠을 못 잔 시절도 있었다.

먼 옛날, 인류가 직립보행을 시작한 시대에 손톱이나 발톱은 필경 공격과 방어에 유용한 무기였을 것이다. 식량을 구하는 데 없어서는 안 될 연장이기도 했을 것이다. 그래서인지 손톱을 깎다 보면 내가 마치 자발적으로 무장을 해제하고 있다는 생각이 든다. 나는 아무도 공격하지 않는다는, 공격할 이유도 없고 공격할 만한 적도 없다는 선언처럼 말이다. 그러니까 손톱을 깎는 행위에서 느끼는 안정감은 어쩌면, 순수하게 더불어 살고 싶다는 욕망(?)의 충족에서 오는 편안함인지도 모르겠다.

싸워야 할 적도 많고, 보여야 할 위엄도 많았던 고대의 왕들은 손톱을 치장하는 일에 상당히 많은 공력을 들였다. 이집트의 파라

오나 중국의 황제들은 특히 그러했다(네일숍을 찾는 수많은 선남선녀들은 바로 그 왕의 후손들인지도 모른다).

　정신을 놓기 전까지 어머니는 평생을 손톱이든 발톱이든 굳이 따로 시간을 내어 깎을 필요가 없었다. 밭에서, 논에서 하루 종일 일을 하다 보면 손톱이든 발톱이든 절로 닳아서 없어졌다. 손톱이 그렇거늘 손인들 깨끗하고 매끄러울 리 없었다. 농번기 내내 혹사를 당한 손등은 겨울이면 쩍쩍 갈라져서 피가 비쳤다. 서울로 시집간 고모나 사촌 누나들이 사다 주는 콜드크림 같은 것들은 화장품이라기보다 갈라진 손등을 치료하는 약품으로 쓰였다.

　그렇게 훈련되고, 그렇게 길이 들여진 어머니는 손이 험한 것을 부끄러워하기보다는 오히려 깨끗해지는 것을 수치스럽게 여겼다. 자식들이 어쩌다 어머니의 손이 너무 험해서 창피하다고 투정이라도 부릴라치면 어머니는 한동안 말없이 하늘을 쳐다보곤 했다. 그리고는 정말로 창피한 것은 손이 아니라 마음이 더러워지는 것이라고, 큰소리도 아니고 나직한 목소리로 마치 혼자서 중얼거리듯이 말씀하시곤 했다.

　손발이 터서 갈라지고 핏기가 비친다는 것은 놀지 않고 일을 한다는 것이고, 놀지 않고 일을 한다는 것은 아프지 않고 건강하다는 것이며, 아프지 않고 건강하다는 것은 자신의 생명을 타인에게 의지하지 않고 스스로 관리한다는 것이다. 그러므로 손발이 험하다는 것은 도둑질이나 사기질에는 관심도 없고 쳐다보지도 않는다는 증거이니 자랑스러워 할 일이라는 어머니의 일관된 주장 앞에서 자식들은 할 말을 찾지 못했다.

육 년 전이었다. 심장에 이상이 생겨 수술을 받고 육 개월여 동안 아파트 생활을 해야만 했던 어머니는 하루에도 열두 번씩 당신의 손을 골똘히 들여다보곤 했다. 자식들은 생전 처음 어머니의 손이 사람 손 같아졌다고 했지만, 어머니는 금방 울 것 같은 표정으로 당신 스스로가 한심해서 견딜 수 없다는 듯 입술을 삐죽거리며 짧게 한 마디 하시곤 하는데, 그 내용이 사뭇 충격적이었다.

"농사꾼은 농사꾼 손이 있는 것인디, 나는 인제 농사꾼도 못 되고 어쩔까."

어머니의 그 말씀을 듣고 새삼스럽게도, '아름다움이란 무엇일까' 하는 생각을 했다. 아름다움이란 다름 아닌 '앎＋다움'이라는 케케묵은 그 생각을. 그랬다. 어머니에게 있어 아름다움이란

자기가 지금 서 있는 자리가 어디인가를 알고 있는 것이다.

그렇게 당신 손이 깨끗하게 윤기가 흐르는 것을 못마땅해 하고 미안해하면서도, 며느리나 조카며느리의 손은 또 예쁘다고, 어떻게 이렇게 예쁠 수 있는지 모르겠다고 감탄을 아끼지 않는 어머니이고 보면, 확실히 어머니에게는 고루한 인습이나 자기만의 세계에 빠져 있다고 할 수 없는 뭔가가 있었다.

그러나 이제 어머니는, 당신의 손이 깨끗해졌다는 것을 창피해하지도 않고, 그렇다고 자랑스러워하지도 않는다. 어머니는 다만 손톱을 깎는 그 시간을 즐길 뿐이다. 아들이 어머니의 손을 잡고, 톡, 톡, 소리를 내는 그 순간의 느낌을, 마무리를 할 때의 살짝 간지러운 느낌을, 그 친밀감과 유대감을 느끼며 사르르 눈을 감고 입가에 미소를 띤 채로 금방 잠이라도 들 것 같은 표정을 한다.

어머니의 그런 표정을 보고 있노라면 문득 이제는 거의 지워져버린 내 발자국이 떠오르기도 한다. 내게도 한때 아내가 있었다는 것이, 오 개월이라는 짧은 기간 동안 두 번인가 세 번인가(음, 이 정도뿐이었나) 손톱을 깎아준 적이 있었다는, 그때의 그림이 눈앞에 어렴풋이 잡히기도 한다. 손톱을 깎는다는 것은 이렇게도, 아주 뜻밖의 진한 서정을 발견하는 시간이기도 한 것이니, 그러니 어찌 이 손에 손톱이 있다는 것을 감사하지 않을 수 있으랴.

어머니는 손이 거친 것을 부끄러워하기보다는
오히려 깨끗해지는 것을 수치스럽게 여기셨다.
정말로 창피한 것은 손이 아니라 마음이
더러워지는 것이라고 늘 말씀하셨다.
어머니의 손은, 순결한 겨울민들레를 닮았다.

하얀 밤은
왜 슬플까

이제 딱 일 년이 되었다. 일 년 전의 오늘 깊은 밤에 어머니는 젊은 아들 내외가 잠든 방문을 열고 들어갔다. 그믐 즈음이었다. 희미한 별빛과 그믐달이 창문으로 비쳐들어 사방이 안개 속처럼 희미했다. 희미한 어둠 속에서 가만히 움직이는 어머니의 모습은 아마 문자로 표현하기도 어려운 어떤 공포감으로 다가왔을 것이다.

인기척에 눈을 뜬 며느리가 잠결에 희끗한 그림자를 보고 심장이 멈출 듯이 놀란 것은 너무도 당연했다. 살이 떨리고 머리끝이 삐죽삐죽 솟아올랐을 것이다. 어둠 속에서 희끗희끗 움직이는 존재가 시어머니라는 것을 알고 난 뒤에 겨우 안도의 숨을 내쉬기는 했지만, 그 정도에서 끝날 만한 일이 아니었다.

젊은 아들의 심사는 복잡했다. 자다가 벼락을 맞은 듯이 놀란 아내에 대한 미안함과 아내를 그토록 놀라게 한 어머니에 대한 섭섭함, 그 뒤를 잇는 어머니가 왜 저러시는가 하는 의아함, 까닭도 없는 배신감으로 심사가 뒤죽박죽이 되어 뜬눈으로 밤을 새고 날이 밝아서 일단 출근을 했다.

며느리는 직장을 조퇴한 뒤 시어머니를 병원에 모시고 갔다. 이 런저런 검사를 거친 뒤에 의사는 '치매'라고, 그것도 '중증'이라고 진단했다. 며느리는 처방전을 들고 약국에서 약을 받았고, 아내로부터 이야기를 들은 아들은 큰형에게 전화를 걸었다.

"뭐야, 중증? 치매가?"

"예."

"밤중에 여기저기 돌아다니며 너희들 방문을 열어젖히고 그런 다고?"

"예."

동생과 통화를 하는 내내 책에서 읽은 여러 가지 그림들이 눈앞에서 어른거렸다. 심술궂은, 참으로 심술궂은 시어머니가 며느리 꼴이 보기 싫고 미워 죽겠을 때 한다는 여러 유형의 행동들이 떠올랐다. 그러나 믿어지지 않았다. 밤중에 아들 내외가 잠자는 방문을 열고 들어가시다니. 영화나 소설에서나 접했던 그런 일이 내 어머니에게서 일어나다니.

그럴 수는 없었다. 뭔가 잘못된 것일 터였다. 하늘이 땅이 된다 해도, 다른 어머니라면 모를까 내 어머니는 그런 행동으로 아들 내외를 당혹스럽게 할 리가 없다는 생각만 들었다. 슬픔을 보면 외면하지 않고 그냥 껴안고 함께 넘어져 버리는 어머니였다. 오랜 세월 병치레를 한 당숙모가 돌아가셨을 때, 어머니는 아무 일도 하지 않고 우물가에 쪼그리고 앉아 먼 하늘이나 보고 있었다.

아무 말도 없이 먼 하늘이나 보고 있는 그 모습이 내게는 그 어떤 울음이나 슬픈 표정보다도 아파 보였다. 찢어지게, 가슴이 미어지게 아파 보였다. 그런 어머니가 어떻게 그럴 수가 있는가. 치매 아니라 별 것이 왔어도 기본이 있는데 어찌 그렇게 아들 내외가 잠자는 방문이나 열어젖히는 이상한 시어머니로 돌변할 수 있단 말인가.

그 무렵 나는 광주에서 돌을 만지고 있었다. 그 나이에 무슨 새로운 일을 배우겠다는 것인지, 지금 생각하면 나도 나를 제대로 설명하기 어렵다. 아무튼 큰 것은 개당 팔십 킬로그램이 넘는 화강암이나 편마암 같은 돌을 등에 지거나 밀바로 밀어다 승강기에 실어주고 남는 시간이면 다른 돌을 들여다보는 일로 직업을 삼고 있었다. 나이가 사십을 넘은 사람은 위험하고 성과도 기대할 수 없어서 안 된다는 것을, 무슨 죄라도 지은 것처럼 두 손을 싹싹 비벼가며 그야말로 어렵사리 얻어낸 견습공 자리였다.

나이가 더 들기 전에 아주 힘든 일을 해보고 싶었다. 나 자신의 어떤 부분을 시험해 보고 싶었는지도 모른다. 어쨌든 세상에서 가장 위험하고 가장 힘든 일이 있다면 그것을 해보고 싶었다. 그때 생각난 것이 원양어선과 탄광이었다. 그런데 탄광이나 원양어선 같은 데는 조직과 검증력이 워낙 깐깐해서 면접도 보기 전에 탈락 소리만 듣다가 기적처럼 발견한 것이 그 일이었다.

듣기 좋게 말하자면 스톤아트요, 있는 그대로 말하자면 석수장이 혹은 돌장이가 되는 것이다. 거대한 돌을 깎고 다듬어서 본래의 돌과는 전혀 다른 형태를 만들어내는 그 일이 어쩌면 살아 있는 동안 내가 해볼 수 있는 마지막 장르라 생각했고, 그래서 아닌 말로 사력을 다해 두 눈 부릅뜨고 몰입했다.

그런 와중에 걸려온 아우의 전화는, 그 내용은 거짓말 하나 안 보태고 전화기를 그냥 없애버리고 싶은 소식이었다. 그랬다. 피하

고 싶었다. 눈을 감고 싶었다. 귀를 막고 싶었다. 그리고 원망스러
웠다. 의무만 잔뜩 지워주는, 권리는 하나도 없는 장남의 자리를,
큰아들의 자리를 패대기치고 싶었다. 그래서 한 주일 가까이나 시
간을 끌다가, 보이지 않는 줄에 코가 꿰인 소처럼 어머니가 계시
는 아우 집으로 기어 들어갔다.

그리고 보았다. 온 몸이 놀랍도록 부풀어 오른 어머니를, 눈도
거의 안 보일 정도로 퉁퉁 부어오른 어머니의 얼굴을 보았다. 주
름을 펴준다는 '보톡스'를 아주 잘못 맞으면 나타난다고 하는 그
런 현상을 떠올리게 했다. 이것이 무엇인가. 무엇이 무슨 작용을
했길래 어머니를 이렇게 만들어 놓았나. 짐작 가는 바가 없지는
않았다. 그러나 차마 제수씨에게 그것을 직접 물어볼 수가 없었
다. 그저 가만히 아우에게 이런 질문이나 했을 뿐이었다.

"엄마가 지금도 한밤중에 너희 방문을 열고 그러냐?"

"병원에서 처방해준 약을 쓰면서부터는 안 그래요. 잠도 잘 주
무시고."

그래, 그것이었다. 약물. 그 약물이란 정신병원 같은 데서 쓰는
신경안정제 계통이다. 그런데 그것은, 신경을 안정시킨다는 것은
필요 이상으로 활동하는 세포를 하나하나 마비시킨다고 해석하
는 게 아마 정확할 것이다. 그러니까 아우가 말하는 '잠을 잘 주무

신다'는 것은 실제로 잠을 잘 주무신다기보다 일종의 마취 상태에 빠져 있는 것이다. 실제로 어머니의 동공이 풀려 있었고, 말을 해도 느리게 마치 무슨 실타래가 엉킨 채로 있다가 조금씩 풀리는 것처럼 어눌하고 단어의 조합도 거의 안 되고 있었다.

내가 광주에서 머뭇거리고 있는 그 한심한 시간 동안 어머니는 약물에 중독되어 가고 있었던 것이다. 그렇다고 아우와 제수씨에게 그런 말을 대놓고 할 수는 없는 일이다. 약은 아우 내외가 임의로 선택한 것이 아니라 병원해서 처방한 것이 아니던가 말이다.

게다가 그 해 여름 어머니가 실종되는 바람에 꼬박 한나절을 동분서주 우왕좌왕 가슴을 졸이며 얼굴은 사색이 된 채 뛰어다닌 제수씨를 나는 잊지 못한다. 여섯 살 여덟 살 두 사내아이를 키우면서 맞벌이로 어렵사리 집 지을 때 쓴 융자금을 갚아나가는 살림살이기도 했다. 하우스 농사를 짓다가 홀딱 망해 버리고도 절망하지 않고 열심히 살아가는 아우 내외가 설령 어머니가 계신 방문을 출근할 때마다 자물쇠로 잠근다 해도 나로서는 아무 할 말이 없었다. 돌아보면 어머니를 아우에게 떠맡긴 것부터가 사실은 잘못이었다.

이제 어떻게 해야 하나? 요양원을 생각해 보기도 했지만 자신이 안 섰다. 앞을 봐도 뒤를 봐도 모두가 그만그만한 노인들뿐인 요양원 의자에 인형처럼 가만히 앉아서 먼 산을 향해 눈물이나 글썽이고 있을 어머니를 생각하면 목구멍에서 그만 핏덩어리가 올라오는 것 같았다.

그렇다고 내가 어머니를 모신다면, 그렇다면 나는 어렵게 얻은 스톤아트 아니 돌장이 견습공 자리를 포기해야만 한다. 다시 고민이 시작되었다. 사실은 고민이랄 것도 없었다. 답은 이미 나와 있었다. 다만 어렵게 얻은 견습공 자리를 포기해야 하는 데서 오는 아쉬움을, 그에 따르는 스스로에 대한 위로의 시간이 필요했을 뿐이다.

그런저런 이유로 한 달 반 동안이나 시간을 더 허비한 뒤에야 나는 어머니를 집으로 모셔올 수 있었다. 병원에서 처방해준 약은 끊기로 했다. 그리고 그날 밤에 나는 보았다. 어둠 속에서 움직이는 어머니를.

"왜 그래요?"

아 정말이구나, 하는 생각으로 다급하게 물어보았지만 어머니는 아무 대꾸도 없이 계속 움직이기만 했다. 여기저기 더듬거리고 있었다. 벌떡 일어나서 불을 켰다. 어머니는 이제야 살았다는 듯 화장실로 들어가셨다. 요의가 느껴져서 일어나신 거였다.

 그런데 두 시간이나 지났을까. 어머니는 다시 일어나서 어둠 속을 헤매고 있었다. 나는 또 왜 그러느냐고 어리석은 질문을 했고, 불을 켰고, 어머니는 또 화장실로 들어가셨다. 그런 일이 아침까지 반복되었다. 잠을 이룰 수가 없었다. 어머니의 화장실 출입은 일정한 시간 간격이 없이 두 시간이나 한 시간, 심지어는 삼십여 분 만에 되풀이되고 있었다.

 다음날 아침에 문득, 하늘의 계시처럼, 조상의 지혜처럼 한 생각이 떠올랐다. 밤새 불을 켜놓으면 되지 않겠나? 아, 그래, 그것이다. 어머니는 결코 자식들이 괘씸해서도 고약해져서도 그랬던 것이 아니었다. 자다가 일어나서 어둠 속을 헤매며, 잠든 아들 내외를 소스라치게 했던 것은 전등 스위치를 켜고 끄는 법을 망각해 버린 데서 오는 어쩔 수 없는 방황이었을 뿐이다. 그랬다. 어머니는 이제 텔레비전을 켜고 끄지도 못하고, 전등을 켜고 끄지도 못하게 된 것이다. 기억이, 특히 최근의 기억이 사라지는 증세, 그것이 치매인 것을……

 전등불 아래서 하얗게 지새야 했던, 슬픔이 절절히 밀려오던 그 퀭한 밤을, 나는 영원히 잊지 못할 것이다.

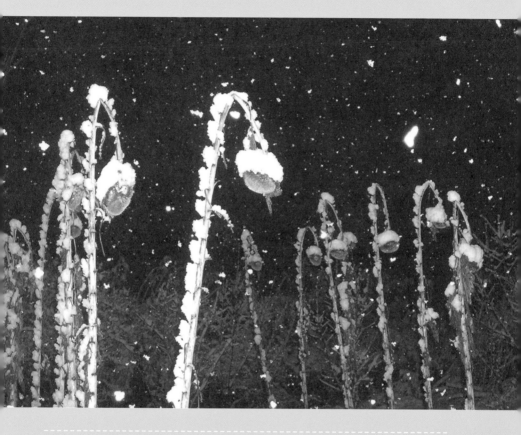

집 앞 마당 해바라기들이 힘없이

고개를 숙였다.

태양 앞에서도 당당한 해바라기마저

눈 내리는 하얀 밤에는

도리가 없나보다.

오줌만도
못한 눈물

　　　　　　　　아이를 키우는 사람은 날마다
새로운 세상을 발견한다고 한다. 나는 어머니와 함께 살면서 날마
다 새롭게 나타나는 삶의 이치랄까, 인간으로서의 존엄성 같은 것
을 발견하고 전율하곤 한다. 돌장이 견습공 자리를 포기하고 어머
니와 함께 살기로 한 것이 얼마나 잘한 선택이었던가.

이 겨울은 참 춥기도 하다. 그러나 어머니는 밤에도 이불을 덮지
않는다. 바닥에 요가 깔리는 것을 끔찍이도 싫어하신다. 그나마

이불은 가끔 덮고 주무시지만 요는 아예 밀쳐내 버린다. 그 바람에 난방비를 조금 더 지출해야 한다. 어머니가 만일 내복 바람으로 그렇게 이불 없이 주무신다면 난방비는 배가될 것이다. 그런데 다행이랄까, 어머니는 밤에 옷을 벗는 법이 없다. 아무리 벗고 자야 한다고 얘기해도, 어머니는 거의 울 듯한 표정으로 거절하신다. 뿐만 아니라 밤이면 버선까지 꼭꼭 챙겨 신는다. 물론 낮에도 버선을 신고 있지만 그래도 가끔 맨발일 때도 있는 반면, 밤에는 전쟁터에 나가는 병사들이 갑옷을 챙기듯 두터운 겉옷에 두툼한 버선까지 신고 꼿꼿하게 앉아 텔레비전을 응시하다가 어느새 새우처럼 구부린 채로 누워 주무신다.

비밀을 몰랐을 때는 어머니와 밤새 실랑이를 벌이기도 했다. 요를 깔아놓고 어머니를 억지로 안아서 그 위에 앉히면 바로 요 위에서 내려온다. 이불을 덮어드리면 처음에는 잠자코 있다가 잠시 뒤에 보면 어느새 이불도 저만치 밀려나 있다. 그렇게 밀어놓은 이불을 어머니는 잠결에 가끔 끌어다가 덮기도 하지만, 잠이 깨면 소스라치게 놀라며 다시 밀어내는 것이다.

대체 왜 그러시는 걸까. 아무리 치매가 가족을 안타깝게 하는 증세라지만 이건 도대체 답을 낼 수 없는 수수께끼이다. 왜 이런 방식으로 자식을 힘들게 하는 것인가. 한편으론 그렇게 원망을 하면서도 다른 한편으론 여기에 뭔가 있다, 하는 생각에 골똘히 고민에 빠져들곤 했다.

이 깊은 비밀을 발견하고 명확하게 아, 그렇구나, 하고 고개를 끄덕이기까지는 무려 여덟 달이나 걸렸다. 처음에 나는 아마 공짜로 고개를 끄덕이려 했었나보다. 그래서 초조하고 답답하고, 가끔은 짜증을 내기도 했다. 어리석었다. 세상에 공짜가 어디 있단 말인가. 별다른 노력도 없이, 성찰과 헤아림과 마음의 지극함도 없이 어떻게 뭔가를 깨달을 수 있을까.

전등을 켜는 것도 잊어버린, 그러면서도 밤이면 시간 단위로 화장실 출입을 해야만 하는 어머니를 위한답시고 맨 처음 생각해낸 것은 요강이었다. 사실은 밤새 켜둬야 하는 전기료가 무서웠다. 방에 요강을 들여놓고, 화장실 전등은 끄고 방에는 전등 대신 텔레비전을 밤새 켜두면 전기료가 절감될 수 있다는, 딴에는 썩 좋은 아이디어라 여기고 혼자서 무릎을 치기도 했다.

요강은 예전에 수초를 기르겠다는 생각으로 어디서 얻어온 사기로 된 고풍스런 것이 있었다. 그것을 보면서 내가 선견지명이 있었나 보다 어쩌고 흐뭇한 미소까지 지어가며 깨끗이 씻어서 방에 들여놓고 어머니에게 말씀드렸다. "이제부터 밤에 소변 마려우면 이걸 쓰세요."

어머니는 가타부타 아무런 말도 없이 요강을 쳐다보고만 있었다. 그 표정이 참 복잡했다. 다른 일은 이렇게 혹은 저렇게 하자고 하면 알았다고 응, 응, 하시는데 요강 앞에서는 한참이 지나도록 아무 말씀도 없었다. 어리석은 아들이 사려 깊은 사람이었으면 그때 벌써 알아차리고 요강을 포기했을 테지만, 표정 하나에서 열 가지 이야기를 읽어낼 만한 지혜가 없는 탓에 요강의 유혹을 뿌리치지 못했다.

어쨌든 어머니는 사흘이 지나도록 요강을 거들떠보지도 않았다. 당신 몸에 요강이 닿는 것도 무섭고 끔찍하다는 듯 언제나 한 걸음 이상 거리를 두고 있었고, 누워서 잠을 잘 때도 그쪽으로는 얼굴을 돌리지도 않았다. 그쯤 되면 무엇인가 다른 생각을 해볼 수도 있으련만, 어리석은 아들은 여전히 요강에만 집착했다.

요강이 너무 오래된 것이라서 마음에 차지 않는 것일까, 사기로 된 것이라서 무겁고 버거운 것일까, 등등 이런 따위 생각에만 몰두하고 있었던 아들은 급기야 시장에서 가볍고 번쩍번쩍 빛나는 스테인리스 요강을 삼만 원이나 주고 사오고 말았다. 그리고 그날 밤, 아들이 요강을 믿고 전등을 꺼 버린 바람에 어머니는 캄캄한 화장실에서 헤매다 넘어져 오른쪽 눈꼬리가 찢어지는 사고를 당해야만 했다.

아, 대체 문제가 뭘까. 미련한 놈이 자기가 무엇을 했는지도 모르고 남의 탓만 하더라고, 나는 여전히 문제의 핵심을 내 안에서 찾으려 하기보다는 어머니에게서 찾으려 했다. 그러던 중 우연히 발견한 것이 물이었다. 물, 목이 마를 때 마시는 물, 밥을 먹고 난 뒤에 마시는 숭늉 같은 것들! 그랬다. 어머니는 언젠가부터 물을 거의 안 마시고 있었고, 물로 된 음식 또한 피하고 있었다.

그것은 사실 새삼스럽게 발견한 현상도 아니었다. 언제부터인가 어머니는 우유라든가 주스 같은 음료수를 입에 대지 않으셨다. 목이 타기 쉬운 여름에도 음료수를 드리면 들었다 놓았다 잠깐 입에 대보고는 밀어놓기 일쑤였다. 목이 마르다고, 물을 좀 마셔야겠다고 하시면서도 물을 꿀꺽꿀꺽 마시는 것이 아니라 손으로 조금 떠서 입술이나 축이고 말았다.

나는 그것을 보면서도 그저 어머니가 체질이 변했나보다 여겼을 뿐 오줌과 연결해서는 생각하지 못했다. 물은 곧 오줌이 될 수도 있다는 것을, 어머니는 진즉에 그것을 간파하고 가능한 한 물로부터 멀어지고자 내심 안간힘을 다하고 있었던 것을, 아들은 전혀 몰랐던 것이다.

그러나 아직 가야 할 길은 많이 남아 있었다. 나는 어머니가 물을 피하는 것이 오줌과 관련이 있다는 것을 나중에야 알아차렸지만, 아직 그것이 이불과 관련이 있다는 데까지는 이르지 못했다. 그러던 어느 날 문득 한 생각이 떠올랐다. 어머니는 왜 유독 밤만 되면 그렇게도 자주 화장실을 가는 걸까? 돌이켜 생각해보니 그랬다. 그 생각을 하고 관찰을 해보니 역시 또 그랬다.

낮에는 서너 시간에 한 번 갈까 말까 한 화장실을 어머니는 밤만 되면 한 시간에 한 번, 혹은 삼십여 분에 한 번꼴로 드나드는 것이다. 화장실 문 앞에 가만히 서서 귀를 기울여보면 오줌이 그리 많은 것도 아니다. 짐작컨대 찻숟갈로 하나 정도, 어떤 때는 두세 방울 정도 떨어지는 소리가 들리다가 만다.

괄약근 기능이 약화되어 요의가 자주 느껴지나 보다, 생각하기도 했지만, 낮과 밤의 차이가 심한 이유가 명쾌하게 설명되지 않는 한 그것을 답으로 보기는 어려웠다. 야아 이것 참 어렵구나, 어렵구나, 내심 속으로 그런 소리나 중얼거리며 또 며칠이 아니 몇 주가 흘렀던가.

사흘 전 일이다. 밤도 아니고 낮도 아닌 이른 아침이었다. 어머니의 행동이 아주 이상했다. 뭔가를 구석에 숨기는 것 같았고, 숨긴 그것을 다시 꺼내 이미 개켜놓은 이불 속에 넣고 있었고, 잠시 뒤에 그것을 다시 꺼내 옷자락 속에 넣는가 싶더니 도로 꺼내들고 손으로 둘둘 말아 주먹에 꼭 쥐고 사방을 둘러보고 있었다. 누운 채로 숨소리까지 죽여 가며 살펴보는 내 눈에 그것은 속옷이었다. 팬티였다.

엄마 지금 뭐해? 소리가 입에서 금방이라도 나올 것 같았지만, 무슨 계시를 받았는지 나는 그런 말을 함부로 해서는 안 된다는 생각으로 입을 꾹 다문 채 조용히 지켜보고만 있었다. 젖은 속옷을 벗어들고 어찌해야 할지를 몰라 구석에 숨겼다가 다시 꺼냈다가 허둥거리는 어머니를 지척에서 가만히 지켜보는 나는, 그제야, 그 순간에 이르러서야 쌓이고 쌓였던 비밀 덩어리를 풀어낼 수 있었다.

그것이었다. 어머니에게는 이불에 오줌을 싸지 않는 것이 인간으로서 갖춰야 할 가장 기본이면서도 최종적인 어떤 것, 마지막

방어선 같은, 자존감이라기보다는 차라리 존엄성이라 해야 할 어
떤 것이었다.

호랑이에 물려가도 정신만 차리면 산다고 했던가. 어머니는 치
매라고 하는 무시무시한 것에 잡혀 있으면서도 정신만은 빼앗기
지 않으려고 나름 사력을 다해 투쟁하고 있었던 것을, 아들은 편
리함만을 생각하고 왜 요강을 쓰지 않느냐, 왜 이불을 덮지 않느
냐, 투정만 부렸던 것이다.

오줌보다도 못한 눈물이 흘러 내 거친 볼을 따갑게 했다.

어머니가 옷을 입은 채로,
그것도 버선까지 꼭 신은 채로
이불도 덮지 않고 주무시는 이유를
아들은 한참 뒤에야 알았다.

마지막
자존감마저

　　　　　　　　　오늘도 변기가 막혔다. 겨울 들
어 벌써 몇 번째인지 모르겠다. 열흘에 한 번꼴도 아니고, 보름에
한 번꼴도 아니다. 어떤 때는 뚫어놓은 지 사흘도 안 되어 막히기
도 한다.

　누군가 그랬다. 사람이 치매에 걸린다는 것은 어린아이로 돌아
가는 것이라고. 맞는 말이기도 하고 틀린 말이기도 하다. '실제'
의 어린아이는 자기가 본 '그것'(대변)에 대해 부끄러움이나 수치
심을 느껴서 그것을 감추고자 하지는 않는다. 다만 불쾌와 불편을
느낄 뿐이다. 그래서 오히려 당당하게 치워달라고 고래고래 악을
써 엄마를 불러들인다. 치매 상태의 어린아이는, 그러니까 어머니
는 일을 본 뒤에 그것을 치워달라고 누구를 부르는 대신 당신 혼

자서 열심히 어떤 작업(?)을 하신다. 전등을 켜는 것도 못하게 된 어머니는 일을 본 뒤에 물을 내리면 그것이 말끔하게 사라진다는 것도 잊어 버렸다.

어린아이가 된 어머니의 그것에 대한 인식은 저 먼 옛날, 오늘날의 화장실 개념이 아닌, 뒷간이라고 불렀던 그 시절로 돌아가 버렸다. 그 시절의 뒷간은, 파리와 쥐들이 들끓어서 기분이 언짢기는 했어도 그것이 한눈에 보이지는 않았다. 손을 내민다 해서 그것이 손에 잡히는 일은 더더욱 없었다. 그런데 이게 무슨 경우이더냐. 그것이 왜 한눈에 보이는 거지? 그것이 어째서 냉큼 사라지지 않고 둥둥 떠 있는 거지? 어머니는 어느 날 문득 고민에 빠졌을 것이다. 혼자 사는 집도 아니고 다른 식구가 있는데 이 무슨 창피란 말인가. 그래서 일단 그놈의 덩어리를 바가지로 떠올렸다. 그런데 그것을 어떻게 하지? 마침 목욕통이 눈앞에 보인다. 높이가 거의 일 미터에 달하는 목욕통 안으로 그것을 버린다. 안 보인다. 됐다.

아들인 내가 어머니의 고심을 일목요연하게 읽어내기까지는 당연한 얘기로 한참이나 걸렸다. 어느 날 목욕을 하자고 물을 끓여놓고 목욕통 안을 들여다보니 무슨 덩어리들이 있었다. 한눈에도 그것 같기는 한데 그렇다고 바로 단정하기는 어려웠다. 손으로 주물주물 만져보고, 코에 대고 킁킁거려 본 뒤에야 비로소 확신이 들었지만, 그래도 설마, 여전히 고개를 갸웃거렸다.

그것이 어떻게 해서 목욕통 안에 있을 수 있는가 말이다. 뒷집 교회당에서 고양이들이 가끔 원정을 오기도 하는데 혹시 그 녀석들 소행일까? 그런데 고양이 분糞 치고는 너무 컸다. 그렇다면 어머니가? 아닐 것이다. 어머니가 그 안으로 들어가서 일을 본다는 것은 도대체 말이 안 되는 얘기다.

목욕을 할 때도 어머니에게는 목욕통을 쓰지 않고 따로 고무통을 쓴다. 너무 높아서 어머니가 들어가고 나오기에는 불편하고 위험해서다. 그런 목욕통 안으로 어머니가 혼자 힘으로 들어가서 일을 보고 다시 나온다는 것은 꿈에서도 가능한 일이 아니다. 그러나, 그렇다 해도 목욕통 안에 있는 것은 그것이 분명했고, 그 주인공은 어머니 외에는 달리 생각해볼 만한 사람이 없었다.

그리하여, 첩보작전을 방불케 하는 염탐과 미행이 며칠이나 계속되었다. 어머니가 화장실 문을 여는 소리만 나면 살금살금 다가

가서 한동안 귀를 기울이다가 살며시 문을 열고 엿보는 것이다. 그런데 신기하게도 어머니는 아들이 엿보는 시간에 일을 끝내고 처리하는 장면을 좀처럼 보여주지 않았다. 이십사 시간 감시체제를 유지할 수 없다는 것을 어머니가 미리 알고 피해간 것은 물론 아니겠지만, 어쨌든 보름도 훨씬 지나서야 현장이 내 눈에 잡혔다.

화장지를 뜯어서 뒤처리를 하는 것까지는 여느 사람과 다를 바 없었다. 뒤처리를 끝내고 옷을 올리기 직전에 손을 뒤로 돌려 물을 내리는 과정이 생략되고 있었고, 옷을 올린 뒤에 잠깐 돌아보고 앞으로 나오는 대신 당신이 돌아서서 변기 안을 들여다보는 새로운 과정이 추가되고 있었다. 한참을 들여다보며 뭐라고 불만 섞인 혼잣말을 하시고, 바가지를 들어 그것을 떠 올리는 것이다.

"엄마, 엄마, 그것은 그냥 놔둬. 그렇게 하면 안 되는 거야. 그냥 놔두면 내가 물을 내려서 없앨 테니까, 응? 알았지?"

어머니는 영문을 모르겠다는 듯 매우 민망한 표정으로 응, 응, 알았어, 하셨다. 그러나 그때뿐이었다. 다음 날도 여전히 목욕통 안에 그것이 있었다.

가을이 되고 막내아우가 결혼을 한 뒤의 어느 날인가부터 그런 현상이 갑자기 사라지기는 했지만, 이번에는 변기가 막히기 시작했다. 처음에는 그저 단순한 막힘이려니 생각하고 '뚫어뻥'을 사용해 봤지만 뚫리지 않았다. 찌든 때를 말끔히 씻어내 준다는, 화장실 전용 약품을 사다가 잔뜩 넣어 보기도 했지만 역시 뚫리지 않았다. 변기를 통째로 들어내야 하나 어쩌나 고민을 하다가 불현듯 집히는 바가 있어 물을 죄다 퍼내고 손으로 구멍을 후벼 보았다. 손가락에 잡히는 게 있기는 한데 그러나 잡아서 끌어낼 수는 없었다.

이렇게도 해보고 저렇게도 해보고, 온갖 부산을 떨다가 생각해 낸 것이 강철심이었다. 낚싯줄 정도의 두께에 자유자재로 휘어지기는 하지만 여간해서 끊어지는 법이 없는 강철심으로 꼬무락꼬무락 마치 감옥의 죄수가 땅굴을 파듯이 작업을 한 결과 구멍이 뚫렸다. 그런데 그렇게 해서 끌려나온 물건들이 참으로 다양했다. 화장지가 뭉텅이로 나오기도 하고, 깔깔이 수세미가 끌려나오는가 하면, 수건이며 양말짝 같은 것이 들어 있기도 했다.

그러니까 어머니는 그것을 감추고자 변기 구멍 속으로 밀어 넣었지만 도로 나오자 당신 나름의 공법을 개발했던 것이다. 그것 한 번, 화장지 한 번, 그것 한 번, 수세미 한 번, 그리고 양말이나 수건으로 완벽하게 마무리를 짓는 그런 공법 말이다. 사실 이 방법은 거의 완벽했다. 누수공사 전문가들도 이처럼 완벽하게 구멍을 봉쇄할 수는 없을 것이라는, 감탄의 말이 내 입에서 절로 나왔으니까.

어머니는 모든 기억을 잔인할 정도로 잃었지만 그것을 부끄러워하는 의식만은 더욱 또렷하게 지니고 있었다. 그것을 부끄러워하는 것이야말로 어머니에게 마지막 남은 인간으로서의 자존감 같은 것이었으리라. 결국 아들은 어머니의 마지막 자존감마저 지키지 못했다. 화장실에서 아들과 눈이 마주치면서 어찌할 바를 몰라 하는 어머니의 눈빛이 떠오르면 아들은 한동안 눈을 뜨지 못한 채 머리를 조아리고 마는 것이다.

미안하고 부끄러운 마음에
원두막에 쭈두커니 앉아
나물 다듬기에 열중인 어머니.
먼발치에서 바라보며 한동안
그렇게 혼자 계시게 해드렸다.

모래와 바람이
가져다준 기억

　　　　　　　　　　서해안 바람은 동해안 바람과는
사뭇 다르다. 동해안 바람은 거대한 파도와 함께 달려와서 '나'를
주눅 들게 하고, 자연 앞에 형편없이 작아지는 '나'를 느끼게 하
며, 그리하여 어느 순간 넋이라도 빼앗긴 듯 풍덩 뛰어들고 싶은
욕구마저 불러일으킨다. 그에 반해 물이 깊지 않아 파도가 중간에
서 소멸되는 서해안의 바람은 별다른 위화감 없이 그냥저냥 소요
하듯 걸어볼 만한 외풍이다. 떡가루처럼 고운 모래언덕을 만들어
놓기도 하는 서해안의 바람은, 그래서 '바람공원'이라 이름을 붙
이기에도 안성맞춤이다.
　　전라북도 고창군 심원면 만돌마을에서 해리면 동호해수욕장에
이르는 약 사 킬로미터 남짓한 공간에는 특히 소나무와 백사장 그

리고 갯벌이 나란하게 달리는 까닭에 가히 최상급 공원이라 할 만하다. 공원이란 당연히 아무 데나 앉아 쉴 수 있는 심리적인 안정감 못지않게 볼 것도 많아야 하고 생각하게 할 것도 많아야 한다. 이것을 보다가 지루하면 저것을 보고, 저것을 생각하다가 막히면 슬쩍 이것을 기억하며 스스로를 위로할 수 있는 '꺼리'가 있어야 한다.

고창의 바람공원만큼 공원으로서의 그런저런 조건을 완벽하게 갖춘 곳도 그리 흔치 않을 것이다. 이곳에는 일단 바람이 불면 음악소리를 내는 아름드리 소나무들이 있다. 소나무 잎이 바람의 유혹에 몸을 뒤채며 노래를 하는데 이 소리는 갈매기나 도요새들이 내는 소리와는 다른 차원의 서정을 불러일으킨다. 길이와 넓이 모두 백 리도 넘을 것 같은 아득한 갯벌은 또 어떤가. 신발을 벗어들고 질척거리는 갯벌을 걷다보면 백합이며 모시조개 같은 어패류들이 발에 밟히는데, 그것을 줍는 재미가 여간 쏠쏠하지 않다. 떡가루처럼 고운 모래는 십 리도 넘는 모래사장과 모래언덕으로 확실하게 구분되면서 오묘한 풍경을 만들어낸다.

이미 바다 내음에 깊이 취해 버린 나는 어느 순간 바람에 납치되어 바다 위를 훨훨 나는 상상에 빠져들기도 한다. 그러다가 그것도 싫증이 나면 아무 데나 벌렁 드러누워 하늘을 보면 된다. 하늘에는 구름만 있는 것이 아니다. 바람소리를 배경음악으로 크고 작은 날것들이 마치 꿈을 가져봐, 나를 따라서 해봐, 하듯 유혹하는데 그 유혹에 빠져보는 재미 또한 쏠쏠하다.

그러나 어머니는 유감스럽게도 바람 유혹에 빠지는 재미를 느끼지 못하신다. 오랜만에 햇살도 봄날의 그것처럼 따끈하고, 바람도 날카롭지 않아 빵 두엇에 음료수 두엇 챙겨 소풍을 가자 하니 마땅찮아 하면서도 끝내 거절까지는 못하고 따라나선 어머니. 바닷가 모래밭에 왔는데도 바다인 줄을 모르고 어디 무슨 들판에라도 온 것인 양 생각하신다.

"어매, 어디서 삥아리 소리 나네."

"삥아리 아니여, 갈매기 소리여. 도요새도 있고."

"갈매기? 여그가 어디간디."

"아따 참말로 엄마도 참, 바다잖여. 해수욕장. 저기 저것이 바닷물이고."

"해수욕장? 어디 해수욕장?"

"동호. 엄마도 옛날에 많이 왔었잖여. 모래찜질 하러도 오고."

"오호, 모래찜질."

그제야 어머니는 바다와 바람의 기억을 조금 더듬는 눈치다. 한참이나 고개를 갸웃거리고 눈을 깜빡이며 뭔가를 정리해보는가 싶더니 문득 피식피식 바람 빠지는 소리를 내며 미소를 짓는다.

"아따 참말로 그 써글놈의 인사들이."

"응?. 뭔 소리여? 내가 써글놈이라고?"

"아니, 그것이 아니고 쩌그 머시냐 거."

"머시냐가 머시다요, 거시기?"

"아따, 아니랑게는."

어머니는 참을 수 없다는 듯 푸훗, 웃음을 터뜨리고 만다. 그리고는 다시 벙긋벙긋 미소를 짓고, 혼잣말을 하고, 생각할수록 웃긴다는 듯 하늘을 향해 웃음을 감추는 자세를 취하다 다시 혼잣말을 하는데 "시상에 눈도 이상하지, 나더러 큰애기라고, 그 썩을놈의 인사들이" 하는 그 한 마디가 내 귀에 꽂히듯 잡힌다.

"뭐여, 큰애기라고? 엄마를? 누가? 언제?"

"아이 몰러."

어머니는 얼굴까지 붉혀가며 도리질을 한다. 그리고는 다시 생각에 잠겨 혼잣말을 한다. 아아, 이거 뭔가 있구나 싶어지면서 아들은 애가 타는데, 어머니의 기억은 잡힐 듯 잡힐 듯 아득한 아지랑이 같기만 하다. 그것은 분명 당신의 어떤 과거사를 숨기고 싶어서라기보다 연결이 잘 안 되는 데서 오는 안타까움일 것이다. 어쨌든 나로서는 긴장이 된다. 별 생각 없이 나선 소풍 길에서 어머니의 기억 하나가 재생될 수 있다면 그 이상의 기쁨이 무엇이랴.

퍼즐 맞추기를 하듯 이런 말 저런 말 온갖 말들을 동원해서 집요하게 물고 늘어진 결과, 나는 하나의 이야기를 완성할 수 있었다. 어머니의 입에서 나온 이야기는 이야기라기보다 한 단어, 한 음절, 한 마디 정도에서 뚝뚝 끊어지고 있었지만, 그것들이 따로따로이면서도 같은 고리를 갖고 있기에 접속사나 부사, 조사만 적절하게 붙여주면 자동으로 이야기가 완성되는 것이다.

그러니까 어느 해인가 젊은 시절에 어머니는 마을 아주머니들과 해수욕장을 찾았던 모양이다. 버스도 없던 시절이라 새벽부터 도시락을 싸고 단장을 하고 해서 사십 리도 넘는 길을 걸었다. 남편들에게 함께 가자고 했지만 동네 남편들이 하나같이 "여편네들이 무슨" 하는 식이던 까닭에 아주머니들만 단체로 모래찜질에 나선 것이다.

그런데 처음 보는 남자들이 떼로 몰려와 큰애기니 뭐니 수작을 부리기 시작했다. 아주머니들은 불안에 떨며 남편들을 원망하고 성토하는 한편 달라붙는 사내들을 따돌리느라 모래찜질이고 뭐고 아무것도 못하게 된 것이다. 한편, 안 간다고 버티던 남편들은 내심 불안했는지 그들 또한 단체로 길을 나섰다. 그런데 해수욕장에 도착해서는 아내들을 찾아 나선 게 아니라 술집 매상이나 올려주는 것으로 시간을 보냈다. 그렇게 어지간히 취한 뒤에야 남편들은 모래밭으로 내려왔고, 그리고 멀쩡한 유부녀들을 처녀라고 우기며 달라붙는 사내들과 마주쳤다.

남자들이 서로 치고 받고 코피를 쏟는 동안 아주머니들은 한곳에 모여 구경이나 했을까? 아니다. 누가 먼저 신발짝을 들고 나섰는지 알 수 없지만 각자 남편의 뒤에 달라붙어 '불한당'들을 함께 물리쳤다는, 바로 이 장면에 대한 기억이 어머니를 그토록 혼자서 실실 미소 짓게 한 것이다.

만약 어머니가 치매전문 요양원에 있었다면, 그때도 어머니는 이런 소소한 과거를 알뜰하게 기억해낼 수 있을까. 요양원에서 아무리 지극한 정성으로 보살핀다 해도 이 부분만은 어떻게 해볼 수 없을 터이다. 과거를 공유할 수 있는 가족이 아니고서야 무엇을 어찌 알아서 그때그때 적절한 계기를 만들어줄 수 있으랴. 과거가 있기에 현재가 풍요로울 수 있다는 역사철학을 굳이 상기하지 않더라도, 현재와 미래를 긍정할 수 있는 원천은 결국 '기억'이라는 이름의 과거에서 찾을 수밖에 없을 터이다.

어쨌든 나로서는 아주 신기한, 새로운 이야기였다. 어머니에게도 그런 과거가 있었다니. 아하하, 별 뜻 없는 웃음이 자꾸 나오는데 이걸 언제 어떤 방식으로 아우들에게 들려주어야 할지, 생각만으로도 행복하다. 발에 살포시 밟히는 모래가, 얼굴을 어루만지는 바람이 어머니의 작은 기억 하나를 되찾아주었구나.

파도가 낮은 고요한 서해안.
떡가루처럼 고운 모래와
부드러운 바람이
젊은 시절 어머니의
소소한 기억 하나를
가져다주었다.

수취인 없는 편지

어머니는 눈에 돈이 보이면 갈갈이 아주 잔인할 정도로 찢어놓곤 하신다. 밖에서 돈과 관련된 어떤 일을 하고 들어왔을 때나, 빨래를 한다고 주머니를 털어놓았을 때, 나도 모르게 습관적으로, 아무 생각 없이 돈을 방바닥에 던져놓곤 한다. 그렇게 던져놓은 채로 깜빡 잊어버린다.

사람은 모름지기 돈을 사랑해야 한다는데, 나는 아무래도 돈을 깊게 사랑하지는 못하는 가 보다. 던져놓은 채로 깜빡 잊었던 돈을 다시 생각해 내는 것은 대개 던져놓은 그 돈을 방 안 어디에서 발견했을 때거나, 며칠이나 지나서 그 돈을 써야 할 일이 생겼을 때, 혹은 방구석이나 화장실 수채 구멍에 찢어진 채로 뒹구는 돈 조각을 발견했을 때이다.

"엄마 또 돈 찢었구나? 왜 이걸 자꾸 찢어."

"믓어얼. 나 안 찢었어어."

"엄마가 아니면, 그럼 뭐, 귀신이 왔다간 건가?"

사실은 나도 어머니가 돈을 찢어서 버렸다는 증거를 갖고 있지는 않다. 한 번도 내 눈으로 목격한 적은 없으니까. 그러나 어머니 외에 달리 사람이 집에 있지 않고 보니 나로서는 부득이 어머니를 '범인'으로 지목할 수밖에 없다.

한동안은 그저 뭐 그런 것이려니, 어쩔 수 없이 거쳐야 할 과정이려니 여기고 말았다. 아이들이 값비싼 그림책을 찢어 딱지를 만들 듯이, 돈을 모르는 젖먹이 아기가 손에 잡히면 먹을 것이라 여기고 입안에 집어넣듯이, 정신을 놓은 어머니도 그렇게 아무 생각 없이 눈에 띄니까, 돈이 손에 잡히니까 당신 나름의 어떤 놀이를 하시는 거려니 생각했다.

그런데 아무리 추리를 해봐도 풀리지 않는 대목이 있었다. 찢어진 채로 버려진 돈 조각을 하나하나 주워서 이리 맞춰보고 저리 맞춰보고 해도 짝이 안 맞는 것이다. 적어도 삼 분의 일 이상, 어떤 때는 절반 이상이 사라지고 없는 것이다. 나머지 돈 조각을 어머니가 먹을 것으로 알고 드신 것인지, 화장실 수채 구멍을 따라 흘러가 버린 것인지, 아직도 이 문제는 미해결 상태로 남아 있지만,

어쨌든 이즈음에 이르러서야 겨우 한 생각이 떠올랐다.

어머니가 돈을 찢는 것은 우연이 아닐 수도 있다는, 우발적인 사건이 아닐 것이라는, 무엇인가 연속성이 있다는 생각이 문득 들었다. 근거가 없는 상상은 아니었다. 어머니에게는 이미 전력이 있었다.

어머니의 기억력이 아직 총명하던 시절, 그러니까 복분자 열매를 수확한다든지 하는 정도의 노동은 할 수 있었던 시절의 일이다. 혼자 사는 큰아들은 아들도 아니라고, 꼴도 보기 싫다고 외면하곤 하시는 어머니를 한 달여 만에 찾아갔는데 밖에서 무엇인가를 태우고 있었다. 마당에 들어서기도 전에 목이 컬컬하고 재채기가 나올 정도로 지독한 악취를 풍기며 사진들이 불에 타고 있었다. 사진들은 이미 갈갈이 찢어져 있었고, 작은 바구니로 한 가득이나 되었다.

"뭐야, 이거? 뭐하는 거예요, 지금?"

"꼴 보기 싫응게. 미워서."

"꼴 보기 싫다니, 무슨 소리예요?"

"내가, 내가 눈도 안 이쁘고 꼴보기 싫어서."

어머니는 계면쩍다는 표정으로 잠깐 하늘을 보다가 외면하고 돌아섰다. 찢어진 채로 바구니에 들어 있는 사진들은 모두 어머니 당신 것이었다. 어디 소풍 가서 단체로 찍었거나 둘이 찍었거나, 셋이 찍었거나 하나같이 어머니와 함께 찍은 사진들이다. 그 중에는 물론 가족사진도 있고, 자식들과 함께 혹은 손자들과 함께 찍은 것도 있다.

그 모든 사진 속 어머니의 얼굴은 외모를 알아보기 힘들 정도로 짓이겨졌거나 어머니를 중심으로 찢어져 있었다. 짐작컨대 어머니는 꽤 여러 날에 걸쳐 사진을 골라내고 당신의 얼굴을 손톱으로 짓이겨대다가 결국은 짝짝 찢어내고, 그래도 마땅치 않아 마침내는 태워버리기로 결심한 것 같았다. 사진뿐이 아니었다. 놀랍게도 그 딱딱하고 단단한 주민등록증마저 꺾여 있었다. 주민등록증은 코팅이 되어 있어서 찢어지지 않으니까 꺾다가 어느 순간 포기하고 그냥 태우기로 한 것 같았다.

꺾여진 주민등록증을 보는 내 가슴이 후둑후둑 뛰고, 손은 덜덜 떨리고, 다리는 마구 후들거렸다. 무슨 말을 해야 할지 아무 생각도 나지 않았다. 벌써 방으로 숨듯이 들어가 버린 어머니의 뒤를 따라 마루에 앉았는데 후들거리던 가슴이 이번에는 찬물이라도 끼얹듯 싸늘하게 얼어붙는다는 느낌이다.

벌써, 벌써 어머니는 이렇게 죽을 준비를 하신단 말인가? 그때 든 생각이 그것이었다. 코끼리가 죽을 때를 알고 스스로 '그곳'을 찾아가듯이, 우리 어머니가 벌써 그때가 되어 저러시나, 싶었다. 그러나 아니었다. 어머니는 죽을 때가 되었다는 생각으로 당신의 얼굴 사진을 찢고, 찢은 것만으로는 모자라서 아예 태우고 있었던 것이 아니었다.

"에미가, 에미 노릇도 못하믄 그것이 먼 에미여. 그렇게, 그리서, 꼴 보기 싫응게, 꼴 보기 싫은 것을 곁에 두고 있으믄 꿈자리도 사납고……."

이런 저런 온갖 방식으로 묻고 또 묻기를 되풀이해서 얻어낸 어머니의 답변이 그것이다. 그 말씀 앞에서 나는 아무 할 말이 없었다. 내가 가령 좀 더 잔정이 많은 딸 같은 존재였다면 그 순간 어머니를 부둥켜안고 눈물이라도 몇 바가지 쏟았을 테지만, 나는 이미 울고 싶어도 울 수 없는, 울지 않는 목석같은 중년 사내일 뿐이다. 하긴 운다 해도 어머니의 가슴에 박혀버린 어떤 것을 녹여낼 수는 없으리라.

늦둥이로 얻은 막내아들 등록금만은 당신이 해결하겠다고 생각한 어머니였다. 그러나 막내는 결국 대학을 중도에서 포기하고 직업군인을 선택했다. 이만삼천 원 품삯 일이 한 달 내내 있는 것도 아니고 잘해야 보름 남짓이었다. 그것을 한 푼도 안 쓰고 모은다 해도 일 년 등록금은커녕 한 학기도 견디기 어려웠다.

그런데다 집안의 대들보라고 여겨온 큰아들은 이것도 저것도 아닌 반거충이가 되어 여기저기 쏘다니고나 있고, 도시에서 자리를 잡았다 싶던 둘째아들은 카드빚에 몰려 이혼을 하네 어쩌네 날마다 간 떨어지는 노래를 불러댄다. 그나마 유일하게 비닐하우스 농사를 지으며 착실히 살던 셋째 아들은 기름 값 인상과 농산물 가격 폭락으로 빚더미에 올라 버렸고, 고명처럼 하나 있는 '딸년'은 마누라 노릇을 어떻게 잘못 하는 것인지 날마다 얻어터지기를 취미처럼 하다가 종당에는 새끼들마저 팽개치고 집을 뛰쳐나가 어디서 무엇을 하는지 소식마저 끊겨 있었다.

사정이 이렇다 보니 어머니로서는 자식들을 보면 절망밖에 없구나, 하는 생각이 든 것이다. 그래서 당신의 존재 자체를 지워버리고 싶어진 것일 수도 있다. 그런데 그런 일이 하루 이틀 사이에 터진 벼락같은 일도 아닌데 갑자기 왜? 이런 의문이 풀린 것은 그 뒤로도 며칠이나 지나서였다.

열흘쯤 지난 뒤에 다시 어머니를 찾아갔다가 방안에서 흘러나

오는 흐느낌 소리를 들었다. 어머니 혼자가 아니었다. 당숙모가
와 계셨다. 당숙모는 어머니를 꾸짖듯 달래는 중이었고, 어머니는
그런 소리 듣기도 싫다는 듯 "아따 성님도 참, 속 편한 소리 그만
하시랑게요." 콧물을 훌쩍이며 목에서 금방 핏물이라도 넘어올
듯이 흐느끼는 소리로 말하고 있었다.

이게 뭔가. 금방이라도 방문을 열고 뛰어들 것 같았지만, 다행
스럽게도 내 몸은 얼어붙은 듯 꼼짝을 못하고 있었다. 늙으신 어
머니의 울음소리는, 보라는 듯이 들으라는 듯이 소리를 지르는 울
음도 아니고 울음을 참으려고 안간힘을 다하는, 참으려고 하면 할
수록 더욱 서러워지는 그 흐느낌 소리는 내게 아무런 짓도 말라는
경고처럼 들렸다. 토방에 가만히 쪼그리고 앉아서 엿듣다가 슬그
머니 빠져나가라는 호소처럼 들렸다.

돌아오는 길에 상황을 정리해 보니 동생들 내외가 어머니 앞에
서 크게 싸움을 했던 모양이다. 싸우는 중에 동생들 입에서 무슨
말인가가 나왔는데 그 말이 한 달, 두 달이 지나도록 잊혀지지 않
고 어머니의 가슴속에 송곳처럼 남았던 것이다.

착잡했다. 착잡한 마음으로 동생들을 찾아가 무엇이든 훈수를
좀 하고 싶었다. 싸움이란 어떤 경우든 하다 보면 흥분하기 마련
이고, 흥분하면 반드시 후회하게 될 막말을 자신도 모르게 쏟아내

기 마련이다. 그러니 아예 어머니 앞에서는 싸움을 하지 말았으면 한다, 싸울 일이 있으면 남몰래 싸워라, 등등 이런 훈수라도 하고 싶었지만, 그런 말을 하게 되면 다른 오해가 생길 것 같아서 할 수가 없었다. 이를테면 어머니가 자기들의 흠을 잡아 큰형에게 일러바치고 있다는, 여태 그래 왔다는 오해가 생기지 말라는 법이 없었다. 생각다 못해 편지로라도 내 생각을 전할까 했지만 그것 또한 쉽지 않았다. 편지로 하나 직접 만나서 하나 내 입에서 나오는 말은 어쨌든 주제넘은 간섭처럼 비쳐질 지도 모른다는 생각이 들었다.

이제 정신을 놓아 버린 어머니가 돈을 보기만하면 갈기갈기 찢는 이유는 돈 속에 있는 사진이 아마도 당신이라고 생각하는지도 모르겠다. 아니면 당신도 어쩔 수 없었던 돈에 대한 원망 같은 것인지도 모르겠다. 비록 지금은 소용없는 일이 되어 버렸지만, '수취인 없는' 편지를 쓴다면 아마 이런 내용이 될 것이다.

수취인 없는 편지는
결국 내가 나에게 보낸 편지였다.
편지를 쓰고 난 뒤 집 앞 마당
한켠에 만들어 놓은
편지함을 우두커니 바라보았다.

어머니는 당신이 자식들을 위해서 더 이상 아무것도 할 수 없음을
자각하게 되면서 귀를 막고 싶으셨습니다. 눈을 가리고 싶으셨습니다.

그러나 들리고 보이는 것을 어떻게 해볼 수는 없었습니다.

어머니는 차츰 귀를 도려내고 싶으셨습니다.

눈알을 빼서 버리고 싶으셨습니다. 그러나 그것은 생각일 뿐
실천 가능한 일이 아니었습니다.

생각만 잔뜩 있을 뿐인 당신의 머릿속이 어머니는 원망스러웠습니다.
저주스러웠습니다. 아아 이놈의 생각, 이놈의 생각을 어찌하나.

어머니는 차츰 생각을 안 하려고 하셨습니다. 했던 생각도
버리고자 하셨습니다. 당신이 이날까지 살아온 생애 전체를 어머니는
그렇게 없던 일로 되돌리고자 하셨습니다.

지성이면 감천이라 했던가요. 바라고 또 바라면 이루어진다고 했던가요.

마침내 어머니의 생애는, 태어나서 오늘까지 걸어온 발자국은
하나씩 둘씩 지워져 갔습니다. 자식들이 어머니에게 한탄하는
원망 섞인 목소리들이, 서로 제가 잘났다고 떠들어대던
그 무시무시한 목소리들이 사라져 갔습니다.

어머니의 기억들은 그렇게 허공에 흩어지는 먼지처럼 사라져 갔습니다.

병원에서는 과거를 기억하지 못하는, 어쩌면 자발적으로
기억하지 않는 것인지도 모르는 어머니의 상태를 중증치매라고
진단을 내렸습니다. 그렇습니다. 치매라는 것은
어느 날 우연히 찾아오는 불청객이 아닌 것 같습니다.

그것은 가족들이, 자식들이 오래 전부터 보여 온 불화와 막말을
더 이상은 감당하기 어렵다 싶어질 때 당신 스스로 선택해서
숨어 버리는 거대한 장막인지도 모르겠습니다.

애린한 하루

시집간 누이는 애린哀憐하다. 그 이름만으로도 슬플 애哀자가 절로 그려진다. 그놈의 시집은 안 갈 수 없었던 것이냐. 안 가면 안 되는 것이었던 거야? 괜한 억지라는 것을 알면서도, 이미 늦었다는 것을 알면서도 억지를 부려보고 싶어진다.

존재만으로도 애린한데, 쫓겨났다고 해야 하나, 그냥 집을 나갔다고 해야 하나, 그것도 제 몸을 빌려 나온 새끼들을 내버리고 떠났던, 떠나야만 했던, 이중 삼중으로 애린해져 버리는 그런 누이가 왔다. 아침부터 박새 한 마리가 태연스럽게 집안으로 들어와 어머니와 나를 놀라게 하더니, 누이가 온다는 소식을 전하려 했던 것일까? 정말 오랜만인 누이는 박새만큼 그리 태연해 보이진 않왔다. 아무튼 누이의 얼굴을 보니 우선은 반갑고, 눈물이 나올 것만 같았다. 시선을 마주치기가 두려워 외면하고 나니 그냥 한 대 쥐어박고도 싶어지고, 뭐 그랬다.

시집간 누이를 대하는 오라비의 심사가 이렇다면, 시집간 딸년을 대하는 어미의 마음은, 한 삼천 년이나 전에 말라버린 우물 바닥처럼 금방 뭔가가 드러나 버릴 듯이 아슬하고 위태할 것이다. 그런데 다행스럽게도, 아니 어쩌면 불행스럽게도, 어머니의 눈은 화장지도 손수건도 오래 전에 다 소진되어 버렸다는 듯 꿈뻑꿈뻑하다. 방금 전에 파리를 잡아먹은 두꺼비도 저렇게까지 태연하지는 않겠다 싶다. 누군가, 어디서 본 사람 같은데 모르겠다는 표정을 짓다가 이름을 듣고서야 "오, 너구나. 왔냐?" 하시는 어머니. 아, 참 좋기도 하다, 치매라는 것은. 기억을 선별해서 꺼내고 싶은 것은 꺼내고, 묻어 버리고 싶은 것은 내치는 것이 치매라면 말이다.

누이는 오랜만에 대하는 어머니의 손을 붙잡고 주물주물 무슨 빨래라도 하듯이 주물러대다가 얼굴을 두 손으로 만져보고 쓰다듬어본다. 눈이 무슨 연못이라도 되는 양 한참 들여다보고, 골골이 패인 밭고랑 같은 주름살을 하나하나 더듬다가, 절반도 넘게 빠져버린 머리카락을 쓸어보다가, 그러다가는 갑자기 불쑥 제 오라비를 노려보며 기어이 한 마디 토해놓는다.

"아니 우리 엄마가 왜 이렇게 된 거야?"

"내가 어찌 아냐."

"오빠가 모르면 누가 알아?"

"허허 참 내, 지랄하고 있네."

나도 모르게 목소리가 올라가고, 뒤를 이어 피시식, 웃음소리도 아니고 비웃는 소리도 아닌, 무슨 바람 빠지는 소리가 나왔다. 누이는 입을 삐죽이며 슬쩍 외면한 채 다시 어머니 손을 주물러댄다. 그제야 어머니는 뭔가 생각이 돌아온 듯 "그놈이 시방도 너를 때리고 개지랄 헌다냐?" 불쑥 한 마디 하신다.

보다 못한 내 입에서 "밥이나 먹자" 소리가 나오고, 밥을 먹은 뒤에는 "떡이나 먹자" 소리가 나오고, 떡을 먹은 뒤에는 "사과나 깎아 먹자" 소리가 나온다. 이러는 나 자신이 어이없다 싶어서 짐짓 엄숙한 표정과 목소리로 "어떻게 사냐?"는 한 마디를 겨우 토해냈다. 다 늙은 오누이가 마주앉아 신경전도 아니고 뭣도 아닌

대화를 이어가는 동안 어머니는 간간이 "그놈이 시방도 너를 때리고 개지랄 헌다냐" 하신다. 누이에 관한 어머니의 기억은 아마 거기서 멈춰버린 것 같다. 고속도로 휴게소에서 손수레 하나 놓고 커피며 토스트 같은 것들을 판다고, 자릿세가 장난이 아니어서 매달 그놈의 자릿세 벌어주는 것이 그만 직업이 되고 말았다는 누이의 살아가는 이야기도 어머니에게는 아무 중요할 이유가 없는 모양이다.

"뭔놈의 집구석이 옷가지 하나 걸어놓을 자리도 없고, 오빠는 지금도 책이나 보고 그래? 먹을 것도 안 나오는 책들은 무슨 보물이라도 된다고 저렇게 쌓아놓고, 아니 그리고 이 비디오들은 다 뭐야? 오빠 그동안 비디오 가게 했어? 아니면 할 거야? 요새 누가 비디오를 본다고? 고물장사도 안 가져가겠다. 귀신 나오겠네, 증마알."

시간이 약이라 했던가. 아니 어쩌면 시간이란 마술사의 손을 거친 환각 같은 것인지도 모른다. 오랜만에 이루어진 재회의 감격도, 아픔도, 슬픔도, 안타까움도 모두 거쳐낸 뒤의 누이는 이제 드디어 제 오라비를 공격해대기 시작한다. 홀아비 오라비란 누이에게는 '잡아먹히기' 딱 좋은 존재이다.

누이는 무슨 빚쟁이라도 되는 양, 집안을 구석구석 살피고 다니는가 싶더니 여기서부터 시작하겠다는 듯 부엌에 자리를 잡는다. 냉장고를 열어보고, 싱크대에 붙은 서랍을 일일이 하나씩 다 열어본다. 개수대며 가스기구 같은 것들을 죄다 한 번씩 훑어보고는 한 마디 툭 던진다.

"이것이 다 뭐여. 이것이 사람 사는 집이여?"

여태까지 잘도 해온 표준말을 포기하고 전라도 사투리 모드로 들어가는 누이, 내가 아무래도 크게 잘못 걸린 것 같다. 그런데 뭐가 문제라는 것인지 구체적으로 한 가지를 지적하면 변명이든 항의든 할 말이 있겠는데 누이는 일일이 열거할 필요조차도 없다는 식이다. 이렇게 되면 크게 한 판 붙거나, 아니면 나는 죽었네, 하고 그만 방으로 들어가 버려야만 한다. 네 죄를 네가 알렸다는 말도 있듯이, 그동안 내가 해온 부엌살림이라는 것이 그렇게 자랑할 만한 것은 못 된다는 것을 잘 알고 있는 나는 후자 쪽을 택하고 만다.

불안한 심사로 부엌에 귀를 기울인 채 보지도 않는 텔레비전 화면이나 멍하니 응시하고 있기를 얼마나 했던가. 그동안 저 혼자서 뭐라고 수백, 수천 마디나 내 험담을 하고, 살림을 아예 때려부실 듯이 거칠게 문지르고 닦고 씻기를 되풀이하며 한 마디 쏘아 붙인다.

"도대체 냄비는 무엇을 얼마나 맛나게 해 먹었기에 타고, 또 타고, 바닥이 아예 누룽지 공장이 되었대? 아니 사람이 어떻게 이렇게 살 수가 있어? 내 참 속상해서 원."

　나는 아무 대꾸도 없이 못들은 채 텔레비전만 응시한다. 물론 텔레비전 속 연속극은 내 눈에 들어오지 않는다. 시간이 얼마나 지난 걸까? 부엌에서 그릇 부딪치는 소리도 들리지 않고 주변은 온통 텔레비전 소리뿐이다. 부엌 정리를 다 끝냈는지 아니면 하다 하다 속상해 그만 두었는지 어느새 누이는 어머니 옆에 기대어 앉아 텔레비전을 보고 있었다. 한 손으로 어머니의 손을 잡고 주물럭거리면서 연속극에 빠져든 누이의 표정이 제법 복잡하다. 짐짓 연속극에 빠져든 체하고 있지만, 사실은 그게 아닐 수도 있다는, 전혀 아닐 수도 있다는 냄새가 짙게 배여 있다.

　그런데 어머니는, 아들과 딸내미가 무슨 신경전을 벌이고 있건 당신은 아무 상관이 없다는 듯 느닷없이 잠을 자자고 하신다. 연속극을 보고 있는 누이의 옆구리를 살살 찔러가며 "자자" 한 마디 하시더니 잠시 뒤에 또 "얼른 자자" 하시고는 또 조금 있다가 "아이 얼른 자잔 말이다" 하신다. 그 간격이 길면 일 분, 짧으면 십 초나 이십 초쯤 되는 것 같다. 그렇게 해서 연속극 한 편이 끝나기도 전에 어머니는 적어도 백 번은 "자자, 얼른 자자" 소리를 하고 있었고, 끝내는 토라져서 누이가 잡아준 손도 뿌리치고 뒤로 물러앉아 한참을 말없이 있다가는 다시 "얼른 자잔 말이다" 하신다.

누이는 마치 보채는 어린아이라도 달래듯 "알았어" 소리를 아무렇지도 않게 하고, 어머니는 "아이고 애통 터져 죽겠네, 얼른 자잔 말이다" 졸라댄다. 누이는 그 뒤로도 "가만 있어" 소리를 몇 번이나 되풀이하다가 어느 순간 어머니 옆에 누워 스르르 잠이 들었다.

피곤했던 것일까. 그래, 피곤하기도 했을 것이다. 옥천에서 대전으로 갔다가 전주로, 다시 고창으로, 고창에서도 한 번 더 버스를 타야만 하는 아주 길고도 복잡한 여행을 위해서 누이는 아마 새벽같이 길을 나섰을 것이다. 나란히 누워 잠든 모녀를 바라보는 나는, 아무래도 쉽게 잠이 들 것 같지 않았다. 당연한 얘기지만 모녀는 참 많이도 닮았다. 특히 잠든 모습은 더욱 그랬다. 오늘밤 이 단잠처럼 그녀들의 삶이 그만 녹록해졌으면 좋으련만, 푸근해 졌으면 좋으련만. 잠든 두 여인을 바라보는 것만으로도 내 가슴이 한없이 애린해져 온다.

누이가 온다는 소식을 전하려 했던 것일까?
아침부터 박새 한 마리가
태연스럽게 집안으로 들어와
어머니와 나를 놀라게 했다.

어머니와의
살림집짓기

　　　　　　　　　　　시골에 내려와 빈 집 한 채를 빌
리기로 했을 때 집주인이 말했다. '내'집으로 여기고 잘 고쳐서
잘 살아보라고. 나는 그 말을 믿었다. 믿지 않을 이유가 없었다. 사
람이 사람을 믿지 않고 무엇을 믿을 것인가. 그래서 없는 돈은 생
각 안 하고 있는 돈만 박박 긁어 자재를 사다가 장장 두 달여에 걸
쳐 낮밤 가리지 않고 수리를 했다.

　그런데 어느 날 누군가가 말했다. 그 돈이면 시골집 한 채 사고
도 남는데 왜 금쪽같은 자기 돈 들여 남의 집 수리를 하냐고. 그래
서 내가 말했다. 남의 집을 내 집처럼 쓸 수 있다면 그게 훨씬 이익
이 많은 일 아니겠냐고, 집 없는 사람을 저승에서도 받아주지 않
는다면 모를까 그게 아닌 바에야 굳이 내 집이어야 할 까닭은 없

는 거 아니냐고 큰소리를 땅땅 쳤다.

그게 십이 년 전의 일이다. 이삼 년쯤 뒤에 서해안 고속도로 공사가 마무리 단계에 이르면서 마을 뒤편으로 휴게소가 들어선다는 발표가 나오고, 인근 고인돌 마을이 세계문화유산으로 등재되었다는 얘기가 잇따르자 동네 땅값이 들썩거렸다. 그리고 어느 날 내가 사는 집이 팔렸다는 폭탄 같은 소식이 귓속을 뚫었다. 읍내의 어떤 사람이, 자기가 집을 샀다고, 한 달 내에 비워달라고……

"이게 뭔 정신 나간 소리냐? 내 집으로 알고 잘 쓰라고 할 때는 언제고?"

나도 모르게 화를 내고 말았지만, 그러나 그는 옛 주인이 아니었다. 옛 주인은 만나볼 수도 없었다. 하긴 그를 만나서 내가 뭘 어떻게 해볼 수 있으랴. 나는 새 주인에게 "어떻게 해서든 비워주기는 하겠지만 한 달 안에 나가라는 것은 터무니없다. 생각해 보라. 아무리 그래도 하늘을 지붕삼아 이삿짐을 꾸릴 수는 없지 않은가? 몇 달이 걸릴 지 몇 년이 걸릴 지는 나도 모른다. 내가 집을 비워줄 준비가 될 때까지 기다려 달라"고 말했다.

사정을 하지는 않았다. 애원 같은 것도 하지 않았다. 당연히 그렇게 해야 한다는 듯 고개를 꼿꼿이 쳐들고 통보하는 식으로 말했다. 그가 내게 통보하는 식으로 말을 해서 그런 것은 아니었다. 통

하면 통하고 안 통하면 말겠다는 뭐 그런 심사였을 것이다. 뜻밖
에도 그는 그렇게 하라고 했다. 나중에 알고 보니 그는 당장 집이
필요한 게 아니었다. 집이 필요해서 한 달 내에 비워달라는 그런
잔인한 통보를 한 것이 아니었다. 철거할 예정이었다. 구체적인
사업계획이 있었던 것도 아니었다. 다만 관행적으로, 많이 가진
사람이라면 으레 하는 그런 식의 통보를 내게 했던 것이다.

이 년 반, 삼 년 가까이 걸렸다. 집을 비워주기까지는. 처음에는
고향을 아예 떠나 버릴까 생각도 했다. 뭐냐 이게. 기껏 고향이라
고 찾아왔더니 겨우 요런 정도란 말이냐, 하는 단순무식한 감정이
들었다. 그런데 그 단순무식이 내 마음 속에서 핵분열을 일으켰
다. 아니지, 내가 왜 떠나? 안 간다. 어떻게든 뿌리를 내리겠다.
　그리하여 부산으로, 울산으로, 대전, 광주, 여수 등등 돈이 될
만한 일이 있는 곳이라면 어디든 가리지 않고 다녔다. 돈이 없으
면 하루도 살아가기 어려운 도시에 있을 때도 해보지 못한 어이없
는 각오와 비장미 같은 것이 나를 조종했다. 집을 구해야 한다는

생각만으로, 그야말로 혈안이 되어 공사현장을 쫓아다녔다. 야간 작업이든 철야든 건수만 있으면 무조건 참여했고, 잠자리는 사용주가 여관 같은 데를 마련해주면 그것을 이용하되 그렇지 않은 경우에는 버스 터미널이나 기차역을 찾았다.

헌책방에서 오백 원이나 천 원을 주고 구입한 구닥다리 문고판 책 한 권을 주머니에 넣고 책장을 몇 번 넘기다가 졸리면 사르르 눈을 감았다가 떴다가 몇 번 하면 아침이었다. 그러면서 이게 진짜 노숙이다, 자기를 잃어버리고자 하는 노숙은 노숙도 아니다, 어쩌고 하는 싸구려 철학을 완성(?)하기도 했으니, 잃은 것보다는 얻은 것이 많은 노숙이었던 셈이다.

그렇다고 삼 년을 하루같이 그런 서정적인 노숙만을 했던 것은 아니다. 의도하지 않은 욕지거리가 새로운 취미처럼 내게 붙어 버렸다. 담배 한 갑만 사 달라는 '진짜 노숙인'에게 걸려 담배를 사주고, 밥도 사 달라 해서 밥을 사 주고, 기왕이면 술도 한 잔 사 달라 해서 술까지 사 주었지만, 그런 내가 '호구'로 보였는지 녀석은 아예 제 친구들까지 데려와서 벗겨먹으려 했다. 시비가 붙었고, 숫자에서 이미 열세인 나는 눈에 띄는 자전거를 두 손으로 치켜들고 타잔처럼 소리소리 질러가며 휘둘러대다가 결국 자전거 값만 물어주고 말았다.

그렇게 저렇게, 그야말로 우여곡절 끝에 내 마음을 확 끌어당기는 빈 집 하나를 발견하고 계약금을 치르던 날, 나는 밤에 잠을 이루지 못했다. 집 주인이 어머니가 돌아가신 집이라 해서 정이 떨어졌다고, 그래서 십 년도 넘게 비워두었고, 때문에 집값은 따로 셈하지 않고 땅값만 받는다는, 한 마디로 말해서 횡재도 그런 횡재가 없다 싶은 집이었다. 대지가 무려 오백여섯 평이나 되는, 꿈에도 생각해본 적이 없는 넓은 마당을 갖게 된 것이다.

서울에 있을 때 사업을 한답시고 빌린 사무실 면적이 이십 평을 조금 넘었을 뿐이고, 스무 번도 넘게 이사를 하는 동안 다섯 평이 넘는 개인공간을 가져본 적이 없는 나였다. 시골에 와서 맨 처음 빌린 집도 대지와 건평 합해서 오십 평 남짓이었다. 그런 내가 빌린 것도 아니고 온전하게 '내 것'으로 오백 평이 넘는 거대한 땅을 갖게 된 것이다.

도대체 이게 꿈이냐 생시냐, 하는 기쁨은 아주 짧았다. 덜컥 겁이 났다. 이 많은 땅을 어떻게 관리하지? 걱정은 관념이 아니라 시퍼렇게 살아 있는 현실이었다. 그동안 새빠지게 벌어놓은 돈으로 땅값 잔금을 치르고 나니 손에 남는 건 한 푼도 없었다. 십 년도 넘게 비워둔 집이라서 방은 방이 아니었고, 마당을 넘어 토방에까지 대나무가 뿌리를 내리고 있었다. 이것을 정비해서 집다운 집으로 만들려면 땅값을 훨씬 넘는 돈이 필요했다. 무식하게도 코앞에 땅값만 생각했지 그 너머를 전혀 고려하지 못한 것이다.

다시 공사현장을 드나들기 시작했다. 석 달 정도 공사장에서 보내고, 그 돈으로 석 달 정도 집에서 이것저것 뜯어내거나 붙이거나 땅을 파거나 잡목을 뽑아내고 돈이 떨어지면 다시 공사장으로, 얼마간의 돈이 들어오면 다시 집으로, 이렇게 오락가락 주먹구구식으로 화장실을 만들고 목욕탕을 만들고 옛 우물 자리에 연못을 파고 나무를 심고 꽃씨를 뿌리기 삼 년, 그리고 또 일 년, 이제 됐다, 한숨 돌려도 되겠다, 하는 생각으로 역동적인 일거리를 새로 하나 가져보자고 광주에서 돌 다루는 법을 배우고 있을 즈음 어머니가 중증치매 선고를 받은 것이다.

내가 만일 이런 집이나마 준비하지 않았더라면 어머니는 어찌 되었을까. 이즈음 가만히 돌아보면 어머니와 함께 살 공간을 마련하기 위해서 집 장만에 그렇게도 혈안이 되어 있었던 게 아닌가 싶다. 어쨌든 감쪽같이 흘러간 십 년이다. 무엇인가 크게 잃어버린 것 같기도 하고, 너무나 큰 것을 얻은 까닭에 아직 그 실체가 눈에 보이지 않는 것 같기도 하다.

그럼에도 불구하고 오백 평이나 되는 땅이 내 관리 하에 있다는 것만은 확실하게 인식하고 있다. 왜냐하면 철마다 다른 꽃을 피우고, 다른 향기를 뿜어내는, 그 많은 식물들을 심고 뽑고 가꾸는 손은 다른 그 누구의 손이 아닌 바로 내 자신의 손이니까 말이다.

허름한 시골 집 한 채 마련하느라고
수년 동안 전국의 공사현장을
떠돌아다닌 나를 두고
사람들은 참 미련하다고 한다.
그럴까? 그럴지도.

봄이면 연꽃 가득한 마당의 연못을 만들려고
웅덩이 하나 파는 데만 석 달이 걸렸다.
포크레인을 쓰면 두 시간이면 된다는데……
여름이면 꽃들이 만발한
화단을 만드는 데는 무려 일 년 넘게 걸렸다.
역시 난 미련한 걸까?

난감한 고민

　　　　　　충북 옥천 어떤 전자제품 대리
점이라는 곳에서 전화가 왔다. 세탁기를 보내려고 하는데 정확한
주소가 필요하단다. 무슨 느닷없는 소리냐고 하니 누이의 이름을
댄다. 그 사람이 내 여동생인데 당신이 어떻게 그 사람을 아느냐
고 하니 세탁기 발송을 의뢰했고 대금도 이미 치렀단다.

　여기는 전북 고창인데 옥천에서 여기까지 배달을 온다는 게 뭔
가 커다란 낭비인 것 같아서 그 말을 했더니 껄껄 웃어댄다. 광주
에 있는 물류창고로 연락하면 거기서 배송을 맡게 된다는 것이다.
몰랐다. 판매망이 그렇게까지 광역화되어 있는 줄을.

　그나저나 심난하다. 어머니의 속옷을 비누칠해서 빼는 데도 이
제 어지간히 이력이 붙어서 그럭저럭 해낼 정도가 되었는데 새삼

스럽게 세탁기라니. 어머니의 속옷을 손으로 빨 때마다 더러 민망하기는 했었다. 어머니는 여자가 아니라 어머니라고 아니 이제는 세 살 배기 내 딸이라고, 제아무리 세뇌공작을 해봐야 그때 그 순간 뿐이었다. 애를 써가며 비누칠을 하고 헹구고 줄에 널 때도 얼른얼른 해치웠다. 걷을 때도 무슨 금기된 것이라도 만지듯 살짝 외면한 채로 후다닥 낚아채 다른 옷들 속으로 감춰버리곤 했다. 그게 무슨 '지랄' 같은 행동이었는지는 지금 생각해도 알 수 없고 그저 웃음만 나올 뿐이다.

그런데 지금 생각해보니 그 이유 같은 것을 조금은 알 것도 같다. 남성용 속옷은 '빤스'라고 투박하게 불러도 얼마든지 괜찮을 것 같지만, 여성용 속옷은 반드시 '팬티'라고 해야 할 것 같은 느낌이 드는 것이다. 색상에서부터 크기, 모양새 등등 '빤스'라고 하기에는 아무래도 미안스러워지는, '팬티'라고 불러줘야만 제대로 된 예우일 것 같은 그런 분위기가 어머니의 속옷에도 있다.

그런 이야기를 누이가 왔을 때 우스개로 잠시 했었고, 누이도 역시 빙그레 웃는 걸로 응답을 하고 마는 줄 알았다. 그런데 누이는 끝난 게 아니었던 모양이다. 고창에서 옥천까지, 직선거리로는 얼마 안 되지만 버스를 네 번이나 갈아타야 하는 까닭에 서울보다도 훨씬 멀어져 버리는 그 길을 가는 동안 생각에 생각을 했던 모양이다. 그리고 당장 세탁기부터 있어야겠다는 판단이 섰던 모양이다.

하지만 나는 이미 손빨래에 익숙해 있었고, 가슴이 답답하거나 머리가 어지러울 때면 수건이든 뭐든 죄다 꺼내놓고 비누칠을 해서 박박 문질러대는 일종의 취미생활로까지 승격시켜 놓은 참이었는데……

"아야, 뭔놈의 세탁기를 보낸다는 것이냐?"

"세탁기가 세탁기지 뭔놈의 세탁기는 무슨, 하는 김에 냉장고도 지금 바꿨으면 좋겠지만 내 사정이 있으니까, 봄이 끝날 무렵에나 바꿔줄게."

"뭐야? 냉장고, 아니 그건 또 뭔 소리라냐?"

"뭔 소리는 무슨, 그게 어디 냉장고야? 그 안에 음식 넣어두었다가는 없는 병도 생기겠더라."

산 너머 산이라더니 꼭 그런 짝이다. 냉장고를 바꿔준다고? 허헛 참 어이가 없어서 말이 안 나온다. 세탁기는 그런대로 유용하게 사용할 수 있겠지만 냉장고는 굳이 새 것을 들여야 할 이유가 없다. 누이는 냉장고가 오래되어 반찬 맛이 변하고 전기료도 많이 드는 등 낭비요소가 있다지만 내 생각으로는 아무래도 전자제품 회사 영업 담당자들이 퍼뜨린 유어비어 같다.

구형 냉장고에 전기료가 더 들어간다는 말은 아마 틀리지 않을 것이다. 그렇다고 멀쩡하게 작동하는 물건을 폐기하고 새로 산다면 그것을 절약이라고 볼 수 있을까? 반찬 맛이 달라져서 안 좋다는 것 또한 동의하기 어렵다. 달라지면 달라진 대로의 독특한 맛이 있을 것 아닌가. 사람이 환경의 변화를 주도하는 것 못지않게 변하는 환경에 맞춰가는 것도 중요할 테니 말이다.

도시에 있을 때 집에 불이 나서 살림살이가 모두 타 버린 적이 있었다. 텔레비전이 형체도 없이 녹아버릴 정도의 지독한 불이었다. 전세방이었는데 전세금 한 푼 받지 못한 채 그야말로 알몸이 되어 나앉게 되었다. 보증금 없이 월세만 선불로 내는 쪽방 하나를 얻어 들어가서 맨 처음 구입한 전자제품이 냉장고와 비디오였다. 냉장고는 먹다 남은 김치라도 넣어둘 찬장을 겸한 것이었고, 비디오는 절망하지 않기 위해서, 그러니까 영화라도 보면서 새로운 꿈을 찾아보자는 매우 계산적인 판단으로 구입한 것이었다.

당연히 새 것은 꿈도 꾸지 못하고, 중고를 샀는데 냉장고는 어느 신혼부부가 분가한 지 이 년 만에 다시 본댁으로 들어가게 되어 내놓은 거라고 했다. 그러니까 이 년밖에 안 된 거의 새 것이라는 얘기다. 그것들과 함께 삼 년여를 살다가 고창으로 왔고, 고창에서 십삼 년 가까이를 살았으니, 합하면 십팔 년, 냉장고의 나이는 그랬다. '십팔 세.'

하지만 아직까지 파업 한 번 일으킨 적이 없었다. 냉동실에 성에가 잔뜩 끼여 기능이 일시적으로 정지되는 일은 있었다. 그럴 때는 전원을 하루 정도 꺼두면 묵은 때를 벗긴 것처럼 시원하게 잘 돌아가곤 했다. 그러니 나로서는 바꿔야 할 이유가 없는 것이다. 그러나 누이는 그것을 용납할 수 없다는 투다.

"아이 참, 남자가 뭔 말이 그렇게 많어. 오빠한테 사주는 거 아니여. 엄마한테 사주는 거라니까."

"엄마, 엄마라고?"

"그려어. 다 큰 남자한테 내가 무슨 냉장고 사줄 일 있간디."

이렇게 되면 나도 말문이 막힌다. 그렇다고 멀쩡하게 잘 돌아가는 냉장고를 폐기처분한다는 것도 나를 막막하게 한다. 오래된 냉장고는 가장 고단하고 목말랐던 시절에 내 갈증을 풀어준 어쩌면 오아시스 같은 존재인데, 이것을 어떻게 폐기할 것인가. 집안 한쪽에 보관한다는 것도 그렇다. 집이란 크면 큰 대로 작으면 작은 대로 쓰임이 있는 법이다. 쓰지도 않는 냉장고를 처박아둘 자리를 만드는 것도 쉽지 않거니와, 볼 때마다 못 본 체, 혹은 안 본 체 외면을 해야 할 텐데 빤히 예견되는 그런 고충이 생각만으로도 아득하다.

그렇다고 누구에게 준다는 것도 말이 안 된다. 헌 냉장고를 준다고 하면 가져갈 사람도 없겠지만 무엇보다 내가 그렇게 하기가 싫고, 누이가 사 준다는 냉장고를 누구에게 준다면 나중에 누이가 나를 잡아먹으려 할 것이다.

살다보니 별 이상한 고민을 다 하는구나. 도대체가 이것은 행복한 고민이라고 말하기도 껄끄러운, 아마도 '난감한 고민'이라 해야 할까? 발밑에서 작은 꽃 한 송이가 이런 나를 보며 깔깔대며 웃는다.

너무 많이 마음 두지도 말고
너무 많이 생각 하지도 말고
그냥 쉽게 쉽게 살라고
발밑에서 예쁜 꽃 한 송이가
나를 보고 속삭인다.

여전히 어린
아들이고 싶은

　　　　　　　　창문이 푸르게 물들어가는 것을
보고 밤이 지나버렸음을 알고 깜짝 놀랐다. 온 몸에 힘이 쭉 빠지면
서 잠이 마구 쏟아진다. 수 만 가지 공상에 또 밤을 새고 만 것이다.
　찬물 몇 바가지를 머리에 끼얹고 나서 아침상을 차리기로 했다.
김장김치를 물에 씻어 된장과 멸치를 넣고 푹 끓이면 그 맛이 담
백하면서도 구수해서 한없이 먹고 싶어진다. 비법이라면 김치가
김치로서의 형태를 잃어버릴 때까지 푹 삶아야한다는 점이다. 이
간단하면서도 오묘한 요리는 어머니에게서 배운 것이지만 어머
니는 이제 그것이 무엇인지도 모른다.
　"간이 딱 좋네." 밥을 먹을 때 어머니가 하시는 말씀은 그 한 마
디 정도이다. 그 한 마디를 잊을 만하면 하고 또 하신다. 맛이 없

어도 간이 딱 좋다고 하시고, 맛이 있어도 역시 간이 딱 좋다고 하신다. 처음에는 그 말씀이 칭찬으로 들렸지만, 하도 듣다 보니 가끔은 칭찬이라기보다 이게 무슨 맛인지 모르겠다는 얘기로 들리기도 한다.

밤에 잠을 못 이룬 탓에 몸이 영 편치 않아 오전 내내 잠이나 푹 자야겠다 싶어 이불을 뒤집어쓰고 누웠는데, 옆에서 자꾸 어머니가 뭐라 중얼 거린다.

"아이 이놈의 것이 으째서 이렇게도 말을 안 듣고, 나를 이겨먹을라고 하네." 무슨 일인가 내심 궁금하기도 했지만, 몸이 물 먹은 솜처럼 늘어져 말을 들어주지 않는다. 애써 신경을 접고 잠을 청하지만, 옆에서 부스럭거리는 소리에 결국 이불을 걷어 재치고 만다.

어머니는 조끼와 씨름을 벌이고 계셨다. 지난 번 다녀간 옥천의 누이가 사다준 오리털 조끼였다. 재질이 폴리에스테르인데다 새 것이라서 움직이면 절로 바스락거리는 소리가 났다. 사물이나 사람에 대한 식별력이 거의 사라져 버린 와중에도 어머니는 그것이 누이의 선물이라는 것을 명료하게 인식하는 것 같았다. 낮이나 밤이나 당신의 몸에서 떼어놓으려 하지를 않는다. 잘 때도 입은 채로 누웠고, 어쩌다 무심히 벗었다가도 이내 도로 껴입고는 했다.

문제는 이 조끼가 다른 옷에 비해 단추 구조가 복잡하다는 점이다. 한 번에 쓱 채울 수 있는 지퍼가 있고, 지퍼 사이로도 바람이 못 들어가게 여밀 수 있는 똑딱단추가 또 있는데 이 단추는 일단 채웠다 하면 어지간해서는 잘 풀리질 않는다. 게다가 주머니마다 또 하나씩의 지퍼가 달려 있다. 어머니는 뭐랄까 결벽증이라고나 할까. 어떤 옷이든 입었다 하면 단추를 반드시 채워야만 직성이 풀리는 쪽이다.

평소에는 내 손으로 이 모든 지퍼와 단추를 채워드리곤 하지만, 잠이 자고 싶어서 안달이 난 나는 도무지 손끝 하나 움직이고 싶지가 않아 도로 누운 채로 그저 그 상황을 보고만 있었다. 어머니는 조끼를 벗었다가 입었다가 다시 벗어놓고 엎었다가 뒤집었다가 아주 신중한 표정으로 고개를 갸웃거린다.

"아따 요놈의 잡것이 참말로, 으째서 이렇게도 말을 안 들을까? 요것이 나를 허새비로 본 모양이여, 잉? 그러냐. 참말로 그런 것이여?" 어머니에게 조끼는 이제 하나의 인격체가 되어 있었다.

왜 그러냐고 물어보고, 그러지 말라고 달래보고, "아따 이 잡것 아", 짜증스럽게 나무라기도 하면서 어머니는 똑딱 단추 하나를 간신히 어떻게 채워놓고는 지퍼를 올리려고 하는데 그것이 도무지 올라가질 않는다. 게다가 오른쪽 일 번 수컷 똑딱이를 왼쪽 삼 번 암컷 똑딱이에 맞춰버린 탓에 행동마저 불편해지고 말았다.

어머니는 아주 이상하다는 듯, 세상이 왜 이렇게 갈수록 꼬이고 어려워지냐는 듯 고개를 왼쪽으로 갸웃해 보고 오른쪽으로 갸웃해 본다. 왼팔을 높이 들어보기도 하고 오른팔을 앞뒤로 내저어보기도 하며, 한참을 그러다가 마침내 중요한 것을 발견했다는 듯 조끼를 머리 위로 올려서 훌렁 벗어놓고는 맞춰보기 시작한다.

방바닥에 조끼를 편편하게 펴놓고 이것을 이렇게 맞춰보고, 저것을 저렇게 맞춰보고, 그러다가 이윽고 똑딱단추의 짝이 서로 어긋났다는 것을 발견하고는 "오호라 이놈", 소리도 경쾌하고 신나게 잘못 맞춰진 똑딱단추를 확 풀어낸다.

그렇다고 문제가 해결 되었을까. 어머니는 다시 조끼를 몸에 걸치고 지퍼를 올려보지만, 지퍼는 아퀴가 맞지 않은 탓에 한쪽은 내버려둔 채 다른 한쪽만을 따라서 경쾌하게 쓱 올라가고 만다. 어머니는 이제야 됐다는 듯 낙낙한 표정으로 당신의 매무새를 이리저리 살펴보다가는 지퍼가 아직도 안 채워졌다는 것을 알고 땅이 꺼져라 한숨을 내쉰다.

"그걸 왜 자꾸 채우려고 해? 그냥 놔둬요."

"아이 미친년도 아니고, 으찌케 벌려놓고 다녀."

"다니기는 뭘, 엄마는 밖에도 안 나가잖아. 나가자고 해도 방에만
있으려고 하면서 뭘."

　"아이 그리도, 누구라도 오면 챙피해서 으찌케 해."

　어머니는 다시 조끼를 벗어놓고 단추를 맞춰본다. 그 표정이 너
무나 진지하고 엄숙해서 시선을 돌릴 수가 없다. 정신이 확 돌아
온다고나 할까. 낮잠을 자기는 다 틀렸다. 갈등이 일어난다. 끝까
지 그냥 보고만 있자 하는 마음과 얼른 달려들어서 그냥 채워드리
고 말자 하는 마음이 팽팽하게 맞선다.

　그런데 신기하다. 최소한 한 시간 간격으로 화장실 출입을 해야
만 하는 어머니가 조끼에 관심을 집중하면서는 두 시간, 세 시간,
네 시간이 넘어도 화장실 같은 것은 아무 중요할 이유가 없다는
듯 그 일에만 매달린다. 이 신기함이 나로 하여금 어머니의 그 심

각한 작업을 그저 구경이나 하고 있게 했을 터이다. 텔레비전에서는 조금 전에 열두 시 뉴스가 나왔던 것 같은데 벌써 오후 두 시 뉴스가 나온다.

　김치전 두 장을 부쳐 나눠먹고 난 뒤에도, 아니 그것을 먹고 있는 순간에도 어머니는 조끼를 만지작거린다. 아무리 생각해도 알 수 없다는 듯, 이해가 안 된다는 듯 고개를 갸웃거리며, 눈을 잇달아 깜빡이며 한숨을 내쉰다. 그러다 문득 어머니가 던진 한마디 말에 나는 크게 웃고 말았다.

　"인제 보니 나도 참 속이 없었네. 오빠가 해주면 되겠고만. 잉? 오빠가 해주시오 야?"

　"오빠? 한동안 그 소리 안 하더니 또 오빠? 안 해. 오빠도 아닌 내가 왜 해."

　"아따 그러지 말고 오빠가 좀 해주시오."

　"나는 오빠 아니랑게."

　"오빠가 오빠 아니면 누구다요?"

　"나는 아들이여, 아들. 오빠가 아니고 아들이라고."

　"오빠도 참말로, 뭔 그런 쓸데없는 말씀을 다 하신다요."

　"오빠가 아니고 아들이라고, 수복이라고, 그렇게 해봐. 그러면 단추 채워줄게."

180

"아따 오빠도 참말로 으찌 그리도 동생을 놀리기만 해싸시오. 죄로간당게요."

참 대단도 하시다. 단추를 채워야 하는 일도 중요하지만, 그보다 더 중요한 것은 오빠를 오빠라고 불러야 한다는, 여기에 있을 것은 여기에 있어야 하고 저기에 있을 것은 또 저기에 있어야만 한다는 어머니의 그 확고한 분별력을 나는 문득문득 존경하고 싶어지기도 한다.

눈앞이 아롱아롱 아지랑이가 끼는 것 같아서 그저 멍하니 앉아 있는데 어머니가 손등으로 눈을 몇 차례 비비는가 싶더니 모로 쓰러지신다. 그리고는 이내 코고는 소리를 낸다. 피곤하셨던가 보다. 하긴 그렇기도 할 것이다. 두세 시간씩 주무시던 낮잠을 오늘은 단 십 분도 눈을 붙이지 못했다.

어머니 머리에 베개를 비워 드린 뒤 결국 채우지 못한 조끼의 단추를 모두 채워 드렸다. 조끼 속 어머니의 어깨가 한없이 좁아 보인다. 그 어깨에 머리를 기대고 누워 나도 잠을 청한다. 어머니의 든든한 오라버니가 아닌 철부지 어린 아들이 되어 그렇게 잠을 청한다.

어머니는 조끼를 앞에 두고
눈을 잇달아 깜빡이며 한숨을 내쉰다.
아무리 생각해도 알 수 없다는 듯,
이해가 안된다는 듯 고개를 갸웃거린다.

오전부터 오후까지 사진만 이백 장 넘게
찍어댔다. 마당이나 텃밭도 아니고
방안에서 오직 한 사람의
일거수일투족을 사진에 담았다.
끝내 어머니는 조끼 입는 법을
기억해내지 못했다.

어머니의 비늘

어머니의 변화가 심상치 않다. 목욕을 하자고 하면 싫다는 의사 표현도 없이 옷 벗을 자세를 취한다. 이런 어머니에게서 나는 기이한 낭패를 느끼곤 한다. 예전에 그토록 안 한다고, 무슨 놈의 목욕을 또 하냐고 싫다고 뿌리치며 돌아서던 시절의 어머니가 은근히 그리워진다. 그때는 "왜 이렇게 사람을 힘들게 하냐"고 짜증도 곧잘 부리곤 했다. 그런데 순순히 그러자고, 알아서 하라고 완전히 무방비 상태로 내맡기는 어머니에게서 나는 그때보다 몇 배는 더 큰 아득함을 만난다.

언제부턴가 매일매일 한 움큼씩의 비늘이 어머니의 몸에서 떨어져 나온다. 처음에는 비듬인가 생각했지만 자세히 보니 비듬은 절대 아니었다. 머리에서 나오는 것이 아니라 몸에서 나온다. 움직일 때마다 조금씩 내리는 첫눈처럼 하얀 것이 스며나오고, 옷에서 떨어지고 공기의 흐름을 따라 날리기도 한다.

이리저리 몸을 뒤채면서 자고 난 뒤의 방바닥에는 늦가을 아침의 무서리처럼 허옇게 비늘이 깔려 있다. 밥을 먹고 자리에서 일어선 뒤에 보면 의자에 백반가루를 뿌려놓은 듯 하얀 비늘이 보인다. 이 비늘은 어디에 있다가 지금 이렇게 나오고 있는 것일까. 어머니는 한때 물고기였던 것일까. 아니면 지금 물고기가 되어가고 있는 것일까. 별별 생각이 머릿속에서 춤을 춘다. 아주 낯선 어머니의 비늘이 나를 숨 막히게 하고, 초조하게 하고, 그리고 뭐라고 마구 소리라도 지르고 싶어지게 한다.

처음에는 그저 그런 것이려니 여겼다. 노인들에게서 생기는 피부 각질 정도로 생각하고 날마다 열심히 쓸어 내거나, 빨래를 할 때는 옷을 일단 마당으로 가져가서 있는 힘껏 털어냈다. 지금까지 방을 쓸 때마다 나오는, 빨래를 하자고 옷을 벗길 때마다 나오는 어머니의 비늘을 버리지 않고 모았다면 아마 쌀 한 자루는 족히 될 것이다.

　가끔은 어머니의 육체가 이렇게 비늘로 조금씩 떨어져서 내 손에 의해 버려지고 있는 것은 아닌가 하는 생각이 들기도 했다. 그렇다면 나는 지금 어머니를 버리고 있는 것인가? 문득 이런 생각이 들면서 아아, 이제부터는 모아야겠구나, 버려서는 안 되겠구나, 하는 생각에 쓸어 담아 모아보기도 했다. 그런데 모아서 병에 담아놓고 보니 뭔가 아득한 생각에 견딜 수가 없었다.

　이러지도 저러지도 못하는 그야말로 진퇴양난의 심사인 채로 어머니의 비늘을 유심히 관찰하기 시작했다. 입에 넣어 맛을 보기도 하고 손으로 살살 비벼보기도 했다. 허물을 벗거나 변태를 하는 수많은 동물들을 생각하며 어머니의 비늘과 대비해서 상상해보기도 했다. 그 결과 그것은 피부 각질도, 비듬 종류도 아니라는 확실한 결론에 이르렀다.

　보통 피부 각질은 비교적 딱딱하면서 날카로운 느낌이 있는데 반해 어머니의 몸에서 나온 그것은 부드럽고 연약했다. 머리에서 나오는 비듬 또한 손으로 비비면 미끈한 느낌과 함께 손에 달라붙는 데 반해 어머니의 그것은 손에 잘 붙지도 않고 느물거린다는 느낌도 없다. 대체로 봐서 건조한 느낌의 그것은 새의 겨드랑이나 날갯죽지, 깃털 사이사이, 혹은 다리 부분을 만지면 손에 묻어 나오는 비늘을 연상케 했다.

　그렇다면 어머니는 지금 새가 되어가는 것일까. 아니면 과거에 새였던 것일까. 이런 동화 같은 생각에 젖어 있다가 퍼뜩 현실로 돌아왔다. 아아 그래, 어쩌면 목욕을 자주 하면 될지도 모르겠다. 해서 일주일에 한 번 하던 목욕을 사흘로, 그래도 효험이 없어 이틀에 한 번꼴로 단축해 보기도 했지만 비늘은 사라지지 않았다.

　어머니는 대체 과거에 무엇이었기에 그토록 많은 비늘을 갖고 있을까. 아니 어머니는 지금 무엇이 되어가고 있기에 그토록 많은 비늘을 벗어내고 있는 것일까. 혹시, 어머니는 어느 날 홀연 새가 되어 날아가 버리는 것이 아닐까. 이제 나는 어떻게 해야 하나.

어머니의 몸에서 수 없이 쏟아지는
하얀 비늘을 쓸어 담으며,
어머니는 혹시 사람 사는
이 세상이 싫어 마당 연못에서 노는
물고기가 되시려는 걸까,
하는 엉뚱한 생각에 가슴을 쓸어 내렸다.

할머니와 봄비

꽃들이 한창 피어나는 봄날에 비가 내리면 바람이 피고 싶어진다. 이 바람이 무슨 바람인가는 나도 잘 모르겠지만 하여튼 그렇다. 책도 안 읽히고 낮잠도 안 자고 싶고, 그래서 하다못해 상추 씨앗이라도 좀 뿌려볼까 생각을 해보지만 상추도 아욱도 씨앗은 벌써 전에 다 뿌렸다. 심지어는 지금 철이 아니라고 하는 대파 모종까지 다 해버린 까닭에 아무 할 일이 없다. 그래서 하는 수 없이 가만히 앉아 있노라니 이게 또 엉덩이가 자꾸 들썩거려 앉아 있을 수도 없다.

"엄마, 놀러나 갑시다. 봄바람에 미친 듯이 비나 좀 맞고 옵시다." 이렇게 해서 어머니와 함께 차를 타고 이십 리 거리 밖에 안 되는 동호해수욕장엘 갔다. 사람의 마음이란 다 같은가 보다. 해수욕철이 아닌데도 꽤 많은 사람들이 해변에 차를 세우고 봄비 구경을 하고 있었다.

그러고 보면 봄비라는 것이 참 그렇다. 이슬 같기도 하고 비 같기도 하고 이름을 붙이기가 애매하다. 게으른 사람 낮잠 자기 좋고 부지런한 사람 일 하기 좋다는 옛말이 있는데, 봄에 내리는 비가 대개 그렇다. 그래서였을까. 시간은 아직 다섯 시도 안 되었건만 사방이 벌써 침침해지기 시작해서 집으로 돌아오는 중인데, 이웃집 할머니가 옴팍 젖은 몸으로 손수레를 끌며 이제 막 걸음마를 배우는 아이처럼 땀박 땀박 한 걸음씩 어렵게 옮기고 있었다. 처음에는 이웃집 할머니라는 것조차 몰랐다. 어디서 무슨 고물을 수집하는 사람이 마을에 들어왔다가 비를 만났나보다 생각했다. 그렇다면 어딘가에 트럭이 있을 것이다. 얼른 지나가 주기를 바라며 서 있는데 한 걸음씩 가까워질수록 행동거지가 낯익다. 손수레에 실린 것도 폐지가 아니다. 고추밭 멀칭으로 쓰는 비닐이며 삽이며 호미 같은 것들이다. 그제야 깜짝 놀라 차 문을 열고 내리는데 나도 모르게 입에서 이런 말이 튀어나온다.

"아니 지금 뭐 하고 오시는 거예요?"

"아이고 쩌그 머시냐 저, 꼬추밭에……."

"비 오는 날은 일 하지 마시라니까요. 왜 자꾸 그러세요."

나도 모르게 화를 내고 있는데, 할머니 또한 이상하리만치 그게 당연하다는 듯 쩔쩔매며 설명 아닌 해명을 하시고자 애를 쓰는 형국이 되어 있었다. 나는 무례하게도 한참이나 지난 뒤에도 할머니에게 윽박지르고 있었고, 할머니는 거의 진땀을 빼다시피 나를 진정시키고자 애를 쓰는 거였다.

그랬다. 그때 내가 본 사람은 이웃집 할머니가 아니라 '어머니'였다. 치매라는 아주 몹쓸 진단을 받기 전까지의 어머니를 그때 나는 만나고 있었다. 빗줄기가 약할 때는 일하기 딱 좋다고 밭일을 하고, 빗줄기가 세찰 때는 비 오고 나면 밭에 못 들어가니까 얼른 해야 한다는 핑계로 또 밭에서 나올 줄 모르던 시절의 어머니가 그렇게 옴팍 젖은 몸으로 손수레를 끌며 땀박 땀박 힘에 부친 걸음을 옮기고 있었다.

"도대체 뭐여. 새끼들 애태워서 죽일 일 있어? 왜 이렇게 비만 오면 밭에서 나올 줄을 모르는 거냐고요."

지금 생각하면 철없던 시절이었다. 비 오는 날 밭에서 일하는 어머니의 모습은 그렇게도 처량하고 한심하고 불쌍하고 세상의 모든 부정적인 수사를 붙여도 모자랄 정도로, 참을 수 없는 뭔가가 있었다. 그래서 미친 듯이 그야말로 방방 뛰며 화를 내곤 했다. 그러나 어머니는 요지부동이었다.

"알았어, 알았어. 안 그럴게."

이 한 마디, 어떻게 그렇게도 이 한 마디는 잘도 하시는지. 그리고 어떻게 그렇게도 당신 입으로 내놓은 말을 금방 부정해 버리고 도로 밭에 쭈그리고 앉아 있을 수 있는 것인지. 불가사의도 그런 불가사의가 없었다. 훨씬 나중에서야, 그러니까 내 마음대로 땅에 호박도 심고 고추도 심고 참외도 심고 그러기 시작한 뒤에서야 빗속에서 일하는 재미가 매우 쏠쏠하다는 것을 알기는 했지만, 그럼에도 불구하고 나는 여전히 빗속에서 일하는 노인들을 보면 금방 무슨 사단이라도 터질 것처럼 불안해진다.

이웃집 할머니 또한 그랬을 것이다. 아들내미 딸내미로부터 숱하게 그런 지청구를 들었을 것이다. 그리하여 갑자기 화를 내며 지청구를 주는 이웃집 젊은 남자가 순간적으로 당신 아들인 것처럼 여겨졌을 것이다.

물론 그 이전에도 나는 할머니에게 더러 잔소리를 하곤 했었다. 처음 만났던 오 년 전부터 지금까지 만날 때마다 그래 왔다. 오전에 세 시간 오후에 세 시간 그렇게 하루 여섯 시간씩만 일을 하세요, 비가 올 때는 절대로 밭에 가지 마세요, 관절염에는 쪼그려 앉아서 일하는 것이 제일 나쁜 거예요, 등등 그렇게 할머니에게는 그야말로 씨도 안 먹히는 잔소리를 참 많이도 했다. 그러나 이번처럼 보자마자 대뜸 화를 낸 적은 없었다. 화를 내기는커녕 언제나 지나가는 말처럼 웃으면서 "일 너무 많이 하지 마세요"라고 했다.

그런 내가 갑자기 화를 냈다. 할머니는 그것이 당연하다는 듯 아무런 거부감도 없이 받아들였다. 우리는 그렇게, 여우비에라도 홀린 것처럼 가늘게 내리는 봄비 속에서 잠시 딴 세상을 보고 있었다. 그리고 깜빡 정신이 돌아왔을 때는 서로가 민망해서, 실없는 웃음이나 흘리다가 제대로 된 인사도 없이 허둥지둥 헤어졌다.

집으로 돌아와서는 은근히 걱정이 되었다. 야 이거 내가 왜 그랬지? 여든도 넘은 할머니에게 그런 무례를 범하다니. 이 사건을 어떻게 수습하나. 그런데 이게 또 그렇다. 아무리 생각해봐도 사과 같은 것을 해서 될 일이 아닌 것 같다. 어제는 죄송했습니다,

제가 잠시 헛것을 보고 헛소리를 했던 것 같네요. 이런 바보 같은 소리를 어찌 입에 올릴 수 있단 말인가. 소심하게도 그런 걱정으로 밤새 뒤척거리다가 깜빡 잠이 들었던가.

밤이 지나고, 아침도 한참 지나서야 밖으로 나갔다. 햇살 속으로 여느 때와 똑같이 손수레를 끌고 밭으로 나가는 할머니와 마주쳤다. 할머니의 밭은 내가 사는 집 뒤편에 있었고, 경사가 제법 심해서 백여 미터나 되는 언덕을 숨 가쁘게 올라야 했다. 때문에 할머니는 언제나 내가 사는 집 마당 입구에 멈춰 서서 한숨을 돌리곤 하셨다.

오늘도 그랬다. 그러나 여느 때와는 달랐다. 다른 때는 그저 의례적인 인사말이나 주고받다가 헤어지곤 했지만, 이번에는 그런 인사말도 없이 그저 빙그레 웃는 얼굴로 서로를 보고만 있었다. 그것조차도 얼굴을 똑바로 바라보지 못하고, 슬쩍 외면하는 자세로 엷은 웃음을 깨물며 뭔가 사건이 터지기만을 기다리는 형국으로 한참을 서로 바라보았다.

"오, 참말로, 쩌그 머시냐 저, 호박모종 있소? 나는 지난 번 서리에 타 버렸어라."

할머니가 먼저 사건을 만들었다. 나는 역시 소심한 남아인가 보다. 호박 모종이라면 충분히 있었다. 신이 나서 호박 모종을 구경

시켜 드리고, 덤으로 옥수수 모종도 있으니까 언제든 말씀하시라고, 그렇게 호기롭게 떠들고 난 뒤에야 겨우 문제를 해결했다는 마음으로 일상을 찾을 수 있었다.

　그런데 나중에 다시 생각해보니, 할머니는 정말로 호박 모종이 필요했던 게 아니었다. 할머니 댁에는 비닐과 보온덮개로 지붕을 덮은 하우스가 있지만 내 집에는 그것이 없다. 서리가 내려서 모종을 태운다면 내 것이 먼저이지 할머니 댁 것은 절대로 아닌 것이다. 그런데도 할머니는 굳이 내게 호박 모종을 달라고 하셨다. 할머니는 어제 일로 불편해하는 내 마음을 미리 헤아리신 것이다.

　봄비가 또 내리면 그땐 나도 밭으로 나가련다. 그리고 할머니 옆에 조용히 주저앉아 함께 비를 맞으며 호미질을 할 것이다.

할머니가 서 계셨던
우리 집 마당 입구에
완두콩 새싹이 돋았다.
어제 내린 봄비 탓인지
자그마한 완두콩 새싹에
이슬이 맺혔다.

어머니의 머리카락

오월 팔일. 어머니의 머리카락
을 정리하기로 했다. 굳이 날짜를 의식한 것은 아니다. 어떻게 하
다 보니 그 날과 맞물리게 되었다. 우리 모자母子간에는 어림잡아
두 달 만에 한 번씩 갖는 의미심장한 행사이기도 하다. 이 일은 손
톱 깎기나 귀 후비기와 같이 가슴 저 안쪽의 어떤 것을 깨워 가끔
은 눈물이 나기도 하고, 웃음이 나기도 하고, 하여튼 온 몸에 힘을
빼고 마치 연체동물처럼 움직여야만 하는 내밀한 즐거움이다.

사각사각 잘려지는 머리카락, 잘려진 그것이 피부에 닿았을 때의
느낌, 이 느낌과 사각거리는 소리 사이에 어떤 것이 있다. 아득한
향수 같은, 까닭도 없이 눈물이 나려 하는, 뭔가가 그리워서 안타까
워지는 그 순간에 어머니와 아들의 친밀감은, 유대감은 강화된다.

"아 가만히 좀 있어 봐아."

"나 암 것도 안 했어어."

"안 하긴 뭘, 귀 자를 뻗 했구만."

"알았어, 가만히 있을게."

하지만 어머니는 금세 자신의 맹세(?)를 망각하고 고개를 돌린다. 왼쪽으로, 오른쪽으로 떨어지는 머리카락을 보겠다는 듯 갑자기 아래로 머리를 숙이기도 하고, 하늘이 궁금해서 견딜 수 없다는 듯 머리를 치켜들어 위를 보기도 한다. 딱히 볼 것이 무엇 있을까마는, 그러나 무엇인가 자꾸 궁금해서 참을 수 없어지는 것, 이것이 머리를 남의 손에 맡긴 사람이 치러야 하는 숙명적인 조바심이요 의구심이다. 아, 돌이켜보면 참 많이도 얻어맞았다.

"아 가만 좀 있어봐, 써글놈아."

전라도 말로 '귓방망이'라고 한다. 주먹을 살짝 쥐고, 검지나 중지의 마디를 뾰족하게 세워서 머리통을 툭 치는 것, 어머니는 때로는 웃으면서, 때로는 울음이 섞인 목소리로 '써글놈아' 소리를 내며 한 방씩 쥐어박곤 했다. 초등학교 시절, 일 년에 적어도 네다섯 차례는 그런 행사를 치르곤 했다.

학교에서 선생님이 머리가 너무 길다고, '바리깡'이란 이름의 기계로 머리통 한 가운데를 일자로 쓰윽 밀어버린다. 말이 좋아서 일자로 밀어버리는 것이지, 사실은 선생님이 이발사가 아닌 까닭에 기계를 다루는 솜씨가 영 서툴다. 그래서 머리카락이 잘려나가는 게 아니라 뽑히거나 듬성듬성 건너뛰게 된다. 그때의 아픔은 이빨을 뽑는 것에 결코 뒤지지 않는 것이어서, 강제로 머리를 깎였다는 슬픔과 억울함 그리고 아픔까지 범벅이 되어 절로 눈물이 흐르곤 했다.

게다가 여학생들은 뒤에서 그리고 옆에서 서로의 옆구리를 찔러대며 킥킥거린다. 요즘처럼 아이들의 배포와 개성이 강한 시대였다면 그것도 자랑이라고 오히려 어깨를 펴고 다닐 수도 있겠지만 그 시절에는 무조건 창피요, 수모요, 모욕이었다. 아버지에게는 무서워서 차마 말도 못 꺼내고, 오직 어머니에게 온갖 성깔을 다 부리게 되는데, 그러면 참다못한 어머니가 "오냐, 깎아주마 그 놈의 머리, 내 손으로는 못 할까" 하면서 반짇고리 속의 가위를 들고 나선다.

이발소에 갖다 바치는 오 원이던가 십 원이던가, 하여튼 그 이

발비가 처음에는 아까웠지만 어머니의 마음은 이제 그런 차원이
아니다. "괘씸한 것들", 누가 왜 괘씸하다는 것인지는 사실 어머
니 자신도 알 수 없었을 것이다. 하여튼 어머니는 뭔가 괘씸해서
잇달아 중얼거린다. "괘씸한 것들, 괘씸한 것들", 그러면서 커다
란 가위를 들고 아들의 머리를 싹둑싹둑 잘라낸다. 그리고 다듬는
다. 커다란 가위로 절컥절컥 소리를 내가며 머리카락을 자르다 귀
를 건드려 피를 보는 일은 정해진 순서이다.

"아 써글놈아 가만 좀 있어야. 귀때기를 기냥 칵 짤라 벌랑게."

귀를 건드려 피가 비치면 어머니는 그렇게 소리를 질렀다. 놀람
과 슬픔으로 버무려진 그 목소리 속에 어머니의 애간장이 녹아 있
다. 어머니의 그 애간장이 아들의 가슴을 후비고 들어온다. 국기
에 대한 맹세라도 해야 할 것처럼 갑자기 엄숙해져서 아프다는 말
도 못하고 숨소리조차 크게 내서는 안 될 것 같은 채로 코를 질질
흘리며 입술을 지그시 깨물고 속으로만 끅 끅 울먹거리는 시간,
그러다 보면 어느새 이발은 끝이나 있었다.

엄밀하게 말하면 이발이 끝난 것은 아니었다. 거울을 보고 있노
라면 기가 막혀서 눈을 감아 버려야만 했다. 빡빡머리를 가위로 잘
랐으니 이놈의 머리가 들쭉날쭉 그야말로 쥐 뜯어먹은 고구마 꼴
이 되어 있다. 도대체 이런 꼴로 어떻게 밖엘 나가란 말인가. 그나

마 다행인 것은, 그 시절 남학생들은 모두 모자를 써야 하는 무거운 교칙 같은 게 있었다. 머리가 어서 자라기만을 바라며 모자를 쓰고 다니다보면, 어느새 규정 이상으로 자라서 선생님의 지적을 받게 된다. 정말이지 그 시절에는 그랬다. 이발소 주인과 선생님이 담합이라도 한 게 아닌가 싶을 정도로 두발 단속이 어마어마했다.

그 시절의 기억이 내게 어떤 영향을 미친 것일까. 어머니의 머리를 미용실에 맡기지 않고 내 손으로 관리를 해야겠다고 생각하면서도 나는 굳이 미용기구를 새로 구입할 필요를 느끼지 못했다. 가위와 빗만 있으면 되는데 가위도 빗도 이미 집안에 있었다.

그런데 그 시절 왜 남자는 머리가 짧아야만 했던 것일까? 이 의문은 사실 지금도 남아 있다. 그때는 이 궁금증이 지금보다 훨씬 강했을 것이다. 여자는 머리카락이 길어도 되고 남자는 안 되는 이유가 무엇인가.

그 시절 여자의 머리카락은 가난한 살림의 한 부분을 차지하기도 했다. 머리카락을 수집하는 전문가가 해마다 두세 차례씩 마을

을 찾아왔다. 특히 보릿고개라 일컫는 봄철에는 마을 전체의 행사
가 되기도 했다.

어머니와 당숙모들이 모여서 머리를 자른다고, 자르되 자르지
않은 것처럼 기술적으로 처리해야 하기 때문에 여러 사람들의 의
견이 필요했던 것일까. 일 년에 한 번 정도는 어머니와 당숙모들
이 단체로 그렇게 모여앉아 시끌벅적하게 머리를 잘라서 팔곤 했
다. 머리카락을 수집하는 사람이 오는 시기는 대개 봄날의 춘궁
기, 보릿고개 그 무렵이었던 것으로 기억된다.

겨우내 덜덜 떨며 눈 속을 헤매고 다니던 마루 밑의 개가 살 판
이 났다는 듯 늘어지게 하품을 해대는 아주 따뜻한 날 오후 두세
시 무렵이면 그 일이 시작되곤 했다. 어른 주먹만 한 어머니와 당
숙모들의 낭자머리는 다음 날부터 어린아이의 주먹 정도로 줄어
든다. 손에 쥐면 한 움큼 그득하던 여자 아이들의 말총머리 또한
반 줌으로 줄어든다. 여자는 그렇게 어른이나 아이나 머리카락 하
나만으로도 살림에 도움을 주었다.

"참, 엄마, 송골할매 기억해?"

"송골? 알지. 나도 알어."

"아니, 그것이 아니라 그 할머니가 당숙모 머리채를 막 뽑고 그
랬잖어."

"으응, 그랬어, 그려, 맞어. 아이고, 참말로."

어머니는 갑자기 치를 떠는 소리를 냈다. 그랬다. 집안 살림에 큰 도움이 되어주었던 당숙모의 귀한 머리채를 작은댁의 할머니는 함부로 휘어잡고 질질 끌고 다니다가 한 움큼씩 뽑아내기도 했다. 그것을 시집살이라고 했다. 여러 당숙모 가운데 유난히도 한 분 당숙모께서 그런 모진 시집살이를 했다. 우물에서 빨래를 하고 있을 때도 갑자기 나타나서 머리채를 잡아 뒤로 확 젖히며 "이년, 이년. 요강을 비우고 왜 안 씻어, 왜, 이년, 이년" 소리를 질렀다.

어머니 말씀으로는 작은 할머니 당신이 그런 시집살이를 했으니까, 그래서 며느리에게 물려주는 것이라고 했다. 물려주는 것도 참 별나기도 하다. 그때도 그런 생각을 했었지만, 지금도 그 생각은 여전히 내 마음 어딘가에 남아 있다. 그래서 그 당숙모를 생각하면 그만 목구멍이 컬컬해지고 눈앞에 안개가 서리곤 한다.

어머니가 유독 잊지 않는 몇 가지 기억들은 대부분 그렇다. 안타깝고 애간장이 녹아나고 억울하고 슬펐던 그런 기억들. 이런 것들은 아마도 기억의 창고 중에서도 가장 깊은 곳에 이중 삼중의 잠금장치로 저장되어 있어서, 치매라는 괴물도 감히 뚫고 들어가지 못하는가보다. 바닥에 떨어진 하얗게 바랜 어머니의 머리카락을 위무하듯 매만져본다.

마당에서 어머니의 머리를 잘라 드렸다.
사각사각 잘려지는 머리카락,
잘려진 그것이 피부에 닿았을 때의 느낌,
이 느낌과 사각거리는 소리 사이에는
까닭없이 눈물을 나오게 하는 뭔가가 있다.
풀밭 위에 내려앉은 봄꽃송이들이
희끗 희끗한 어머니의 머리카락 같구나.

원칙과
예외

                               제대로 구경거리가 되고 말았다. 덕분에 엄숙하고 딱딱한 분위기의 투표장에 웃음꽃이 피었다. 미리 알아서 거소투표 신청을 했다면 이런 일은 없었을 것이다. 시기를 놓친 아들의 잘못이다.

  하긴 거소투표 제도를 미리 알았다 해도 나는 아마 그 제도를 이용하지 않았을 것이다. 투표장에 직접 나가서 어머니 당신 걸음으로 기표소를 들어갔다가 나올 때의 그 보람을 아들이 마음대로 박탈할 수는 없는 노릇이다.

선거 때만 되면 아침 일찍 머리를 감고 고운 옷을 차려입고 얼굴에 화장까지 하던 어머니였다. 마을의 어머니들이 대부분 다 그랬다. 다들 그렇게 화장을 하고 고운 옷을 차려 입고 무슨 결혼식장에라도 가듯이 한꺼번에 길을 나섰다. 투표소가 삼 킬로미터남짓 거리에 있었던 까닭에 선거는 일종의 여행이요 잔치이기도 했다.

지난 번 선거 때만 해도 어머니는 혼자서 잘 하셨다. 치매라는 몹쓸 것에게 기억을 대부분 빼앗겼다 해도 선거에 대한 기억은 남아 있으리라고 나는 생각했다. 며칠 전 선거 공보물이 와서 보여주며 이런저런 설명을 했을 때 어머니는 "이잉, 그려어" 하셨고, 아침에 텔레비전 뉴스를 보면서도 "선거네. 오늘인가?" 하셨다. 그 정도의 의식이면 무효표는 안 만들 것 같았다.

투표소는 이 킬로미터 정도 떨어진 복지회관 일 층에 설치되어 있었다. 아침 늦게 어머니의 머리를 감기고 아침을 먹고 양말을 신기고 이인승 미니밴을 몰고 복지회관 근처에 도착했는데, 앞마당은 이미 자동차가 빼곡해서 들어갈 수가 없었다. 사람은 별로 안 보이는데 자동차가 많은 까닭이 뭘까, 의아했지만 나중에 선거 종사원들의 차량이라는 것을 알았다.

멀리 도로변에 차를 세워놓고 투표소까지 걸어가는 데 이십여 분이 걸렸다. 어머니의 걸음이 워낙 더딘 까닭이다. 그런데다 어머니는 지나치는 사람마다 누구냐고 묻거나, 또는 걸음을 멈춘 채로 좌우를 둘러보며 여기가 어디냐고 되묻기를 열 번도 넘게 하셨다.

투표소 입구에는 구제역 예방 차원에서 준비한 발판이 깔려 있었다. 안내하는 아르바이트 학생이 발판을 반드시 밟고 들어가야 한다고 했다. 그런데 바로 그 순간부터 어머니는 선거와는 전혀 다른 세계로 들어가기 시작했다. "아이고, 인자 다 왔는갑다. 여기가 식당이제? 여기다 신을 벗어야 하는가?"

구제역 예방 차원에서 깔아놓은 소독판 위에서 어머니는 신발을 벗고 있었다. 아무래도 무슨 결혼식장 같은 데라도 온 것으로 생각하시는 것 같았다. 그게 아니라고, 신발은 신고 가야 한다고 아무리 설명을 해봐도 어머니는 막무가내였다. 겨우 어떻게 해서 안으로 들어갔는데 어머니의 세상은 그새 또 바뀌어 있었다.

"아따 오랜만에 보겄다, 야. 어디 갔다가 인제 왔다냐?"

선거 안내 명찰을 가슴에 달고 있는 젊은 남자의 손을 덥석 붙잡고 깜짝 반가운 목소리를 내는 어머니, 뒤를 따르던 나조차도 깜빡 속을 뻔했다. 남자는 어이가 없어서 뒤로 주춤 물러서다가 빙긋이 웃고 있었다. 그때부터 어머니의 눈에 보이는 모든 남자들이 아들이거나 사위거나 친척 중의 누군가로 여겨지고 있었다. 그리고 눈에 보이는 모든 여자들은 딸이거나 며느리로 비쳐지고 있었다.

상황을 눈치 챈 사람들은 더러 안타까운 미소를 띠기도 했지만, 미처 알아채지 못한 사람들은 어머 별꼴이야, 뭐 이래, 하는 눈치로 슬슬 피하고 있었다. 이렇게 되면 아무래도 제대로 된 선거는 어려울 것 같았다. 해서 선거종사원을 붙잡고 사정을 설명하고 어머니와 함께 기표소를 들어갈 수 있게 해달라고 말해보았다. 그러자 종사원은 무슨 그런 말도 안 되는 소리냐는 듯 펄쩍 뛰었다.

"보시다시피 어머니의 상황이 저러하니 백 퍼센트 무효표가 되지 않겠습니까."

"무효표가 돼도 어쩔 수 없습니다. 선거법 위반이에요. 그 어떤 장애인도 기표소에 보호자가 동반할 수는 없어요."

법이란 인간의 편익을 도모하자고 만든 것인데 무효가 된다는 걸 뻔히 알면서도 그 법을 지킨다면 그게 오히려 법의 정신에 어긋나는 게 아니냐는 등 별별 말로 사정을 해봐야 별무소득이었다.

"기표소 하나를 지정해서 커튼을 열어드리는 것까지는 허용됩니다."

아 참, 야박하다, 속에서 뭔가가 와르르 무너지는 심사로 기표소 하나의 커튼을 열고 어머니를 들어가시라고 한 다음 기표소 옆에 멀뚱히 선 채로 기다리는데 일 분이 지나고 삼 분, 오 분이 지나도 어머니는 나오실 줄을 모른다. 엄마, 하고 큰소리로 불러도 대답이 없고, 해서 얼결에 커튼을 열고 들어가려 하는데 "아, 안 됩니다" 소리와 함께 종사원이 다가선다.

종사원이 커튼을 살짝 열고 들여다보더니 하나밖에 안 찍었다고, 네 장 다 찍어야 한다고 일러주고 있었다. 그러고도 사오 분이나 지나서 어머니가 나오시는데 손에 든 게 아무것도 없다. 투표용지를 가지고 나오셔야 한다고 종사원이 옆에서 일러주고, 그제야 어머니는 다시 돌아서서 찍은 것을 가지고 나오는데 얼핏 보니 유효표는 하나도 없는 것 같다. 신기하게도 맨 위에 그것도 칸밖으로 두 개씩 혹은 세 개씩 동그라미가 찍혀 있다. 두 번째도 거의 같은 방식으로 어머니의 투표는 진행되었고, 거의 같은 방식으로 무효표를 만드시고 말았다.

투표소를 나오는데 어머니는 그제야 비로소 선거라는 의식이 올곧게 돌아왔던 것인지 이제 막 들어서는 사람을 쳐다보며 "저 사람들도 투표하러 오는갑다"라고 말씀하고 계셨다. 어머니의 그 한 마디가 어찌나 아릿아릿하게 가슴을 후벼파던지, 대상을 알 수도 없는 누군가가 그리고 무엇인가가 자꾸 원망스러워졌다.

'비밀투표', 참 일리 있는 원칙이기는 하다. 개인의 사생활을, 투표행위 하나조차도 국가적 차원에서 그 비밀을 지켜준다는데 얼마나 좋은 원칙인가.

그런데 원칙만이 강조된 세상에는 그 원칙에서 한두 발짝 떨어져 있을 수밖에 없는 사람들이 설 자리가 없다. 투표소의 어머니처럼 말이다. 세상은 갈수록 원칙을 강조하지만, 누구를 위한 원칙인가를 생각해보면 '원칙을 위한 원칙'이 아닐까 하는 의문이 든다.

그 원칙이 매우 강건한 투표소에서 어머니는 외로운 '예외'였다. 그러나 예외를 포용할 수 없는 원칙은 얼마나 허망한가!

아침부터 부산을 떨며 투표장까지
무사히 도착한 어머니.
길가의 진달래도, 개나리도
어머니를 응원했건만 그녀의 한 표는
무효표가 되고 말았다.
어머니 같은 사람들이
설 자리가 없는
세상은 얼마나 황망한가!

쓸쓸한
오후산책

　　　　　　　　　　　　　오랜만에 나선 산책길이었다.
비도 안 오면서 구름만 잔뜩 끼여 있었다. 하늘이 마치 크게 한 번
뜀뛰기를 하면 머리에 닿을 것 같았다. 이런 날에 부지런한 사람
은 일하기 좋다고 열심히 일을 하지만 나는 아무래도 '반동분자'
인가 보다. 일은커녕 걷기에 좋다고 아무 할 일도 없이 마을 이곳
저곳을 돌아다니며 걷는 연습이나 하고 있으니 말이다.
　한 달여 전 고추모종을 할 때만 해도 보이던 할머니가 요 며칠
안 보인다 싶더니 그 집 마당에서 콩이 자라고 있었다. 내 걸음이
그 집 마당 앞에서 멈춰 섰다. 걸레나 수건 혹은 양말짝들이 늘 널
려 있던 빨랫줄은 어디로 갔는지 아예 보이지도 않고 마당 입구에
는 커다란 각목이 길게 누워 있다. 이 집에는 아무도 없어요, 들어

오지 마세요, 라고 말하듯 그렇게 길게 누워있는 각목을 우두커니 보고 있자니 어디서 문득 뻐꾸기 소리가 들린다.

집도 절도 없이 부부가 늘 서로를 불러대며 여행만 다니는 뻐꾸기, 새끼를 낳아서 기르는 시간조차 아깝다는 듯이 남에게 몰래 맡겨놓고 아침이면 뻐꾹, 뻐꾹, 뻐뻐꾹 거리며 부부가 서로 다른 소리로 노래를 하고 저녁이면 연못에서 교대로 하나는 망을 보고 하나는 목욕을 하는 뻐꾸기, 그들의 삶이 새삼 부러워지는 날이다.

한때는 백삼십 가구 육백여 명의 인구를 자랑하던 마을이었다. 그런데 내가 이사 올 당시에는 열다섯 가구밖에 안 남아 있었다. 한 집 건너 네다섯 집이 비어 있거나 이미 철거를 해서 텃밭으로 쓰이고 있었다. 그런데 이상하게도 여자만 사는 가구가 많았다. 마을 전체 열다섯 가구 중에 할머니 혼자서 사는 집이 다섯이었고, 시어머니와 며느리 그렇게 두 식구인 집이 셋이나 되었다.

그 중에서도 혼자 사는 어떤 할머니 한 분이 유독 내 시선을 끌었다. 그 할머니는 뭐라고 할까, 어머니와 닮은 데가 너무도 많았다. 그래서 아마 보고 또 보고 했을 것이다. 볼 때마다 할머니는 뭔가를 하고 계셨다. 일 없이 서 있거나 앉아 있는 모습을 본 적이 없었다. 연로해서 손이 느린 까닭에 남들 다하는 품앗이도 못하고 항상 혼자서 일을 하셨다. 갈림길 같은 데서 쪼그리고 앉아 수다를 떠는 아주머니나 할머니들 중에 그 할머니가 끼어 있는 모습을 나는 단 한 번도 보지 못했다.

이른 봄에 복분자 가지치기를 할 때도 할머니는 혼자였고 그 열매를 수확할 때도 혼자였다. 폭염이 들들 끓는 고추 밭에서도 혼자였고 가끔 한 번씩 시장을 갈 때도 혼자서 아스팔트길을 땀박땀박 걸었다. 복분자를 따거나 고추를 딸 때도 남들은 모두 파라솔을 하나씩 가지고 다니며 그늘을 만들어놓고 그 안에서 했지만, 그 할머니는 마치 태양과 무슨 대결이라도 하듯이 머리에 수건 하나만 달랑 두른 채 밭고랑을 기다시피 했다.

"안녕하세요" 하고 인사를 하면 할머니는 "예" 하고 아주 짧게 고개를 들어주는 게 전부였다. 고개를 드는 순간 입가에 약간의 미소가 흐르기는 했지만 표정은 항상 굳어 있었다. 굳은 표정으로 이내 다시 하던 일로 돌아가곤 했다. 다른 할머니나 아주머니들은 옆에서 말을 붙이면 반가워서 하던 일을 멈추고 멍석이라도 깔듯이 자리부터 잡지만 그 할머니는 달랐다. 한 마디로 말해서 살가운 척하며 끼어들 틈이 전혀 없는 할머니였다.

　만나보고 싶은 할머니였다. 한 달이면 평균 다섯 번도 넘게 보면
서도 만나보고 싶다는 생각이 늘 간절하게 드는 할머니였다. 어느
하루 늦은 저녁에 막걸리나 음료수 뭐 그런 것을 사 들고 가서 밤
이 새도록 도란도란 이야기를 나누고 싶었다.

　그런데 오늘, 그 할머니가 늘 빨래를 널던 빨랫줄이 사라졌다.
가끔 내려오는 아들이 하얀색 차를 세워두던 마당에는 뜻밖에도
콩이 자라고 있었다. 마당에 콩이 자라고 있다면 다시 돌아올 계
획이 없다는 얘기나 다름없다. 이유야 어찌됐건, 어떤 연유로 집
을 버리고 가셨건 그 할머니는 한동안 집에 안 오신다는 말씀을
그렇게 마당에 콩을 심어서 자라게 한 것으로 대신한 것이다.

　아니 어쩌면, 할머니는 한동안이 아니라 영원히 안 돌아 오실지
도 모른다는 생각이 들었다. 내가 이사를 왔던 이듬해 아랫집 할
머니가 아들을 따라 병원인가 어디로 가신 뒤로 한 달이 채 안 되
어 부고가 날아왔듯이 말이다.

　쓸쓸한 마음에 산책을 접고 집으로 돌아왔다. 문을 열고 들어서
는데 어머니는 또 입에 화장지를 가득 물고 계신다. 작년에는 코
에서 콧물이 나온다고 화장지로 틀어막곤 해서 아들을 난감하게
하시더니 올해는 입이다. 입 안에 침이 있다고, 닦아내고 또 닦아

내도 침이 고인다고, 그래서 아예 화장지를 물고 계시는 것이다. 사람이 입에 침이 없으면 죽는다고, 침은 당연한 것이라고 어리석은 설명을 아무리 드려봐야 어머니의 귀에는 들리지 않는다.

더러운 침이 왜 당신의 입 안에 있는지 모르겠다는 게 어머니의 불만이다. 삼키면 되지 왜 닦아내려 하느냐고 하면 더러운 침을 어떻게 삼키느냐고 하신다. 하는 수 없이 화장지를 감추었더니 신문지를 구겨서 입 안에 넣고, 신문지를 감추면 수건이며 옷가지 같은 것들을 또 입 안에 넣는다.

아! 어머니, 어머니, 사람이 사람으로 산다는 게 대체 무엇일까요, 네? 이런 질문의 끝에서 오늘 산책길을 나섰더랬다. 그리고 그 할머니의 비어버린 집을 보았더랬다. 콩이 자라는 마당이 눈에 선하다. 사라진 빨랫줄은 어디로 갔을까. 그깟 빨랫줄이 몇 푼이나 한다고, 왜 그렇게도 착실하게 그것을 걷어갔을까, 응? 한동안 이 질문이 내 머릿속을 하얗게 밝힐 것 같다.

집이란 떠나는 곳일까, 돌아오는 곳일까?
마당 한 쪽에 둥지를 튼
새들이 돌아오지 않듯
할머니도 돌아오지 않으실 지도 모른다.
노인의 떠남은 다시 돌아온다는
기약이 없고 그래서 청년의
떠남보다 더 슬프다.

도라지꽃
추억

　　　　　　　　　　　　　같은 보라색 계통인데도 어쩐지
보라색 같지가 않은 도라지꽃을 보고 있으면 어린 시절 석탄댁이
생각난다. 그녀에게는 뭐랄까, 농촌 사람이기보다는 노천명의 시
'모가지가 길어서 슬픈 사슴'의 분위기가 있었다. 눈 뜨면 보이는
것이 흙이요 온종일 손에 만지는 것 역시 흙인 농촌에 살면서도
내 땅이라 할 만한 흙은 한줌도 갖지 못했던 여인이었다.

　산에서 소나무 몇 개 베어다가 기둥을 세우고 짚 몇 단 얻어다가
지붕을 덮으면 집이 되는 시절의 농촌에서 그런 집마저 없이 남의
집에 방 한 칸을 얻어 다섯인가 여섯 식구가 구들구들 살았던 것으
로 기억된다. 그나마도 '정지방'이라 해서 지금 생각하면 일곱 자
에 일곱 자, 그러니까 대략 이백십 센티미터 정도의 정사각형 방

이었다. 평수로 치면 한 평 반은 넘고 두 평은 채 안 된다. 그런 방에서 그 식구가 어떻게 살았는지 지금 생각하면 경이롭기만 하다.

그 정지방은 사실 내 방이었다. 절간에 계시는 외할머니가 외손주들을 보러 오셨다가 한잠씩 주무시는 방이기도 했다. 그런 방을 아버지가 왜 석탄댁 가족에게 내주었는지는 지금도 의문이다. 어쨌든 그녀의 가족은 그렇게 내 방을 점령하는 방식으로 우리 집에 세를 들어 일 년쯤 살다 나갔다.

석탄댁은 산도라지 캐는 일과 남의 집 품팔이를 교대로 했다. 어떤 일이 본업이고 어떤 게 부업이었는지는 지금도 모르겠다. 하여튼 그녀는 날마다 아침 일찍 집을 나섰다. 일당 개념이 희박했던 시절에 그녀가 남의 일을 하고 받아오는 것은 그날 어떤 일을 했는지에 따라 결정되었다. 감자 캐는 일을 하면 감자를 받아오고 보리밭 메는 일을 하면 보리쌀을 받아왔다. 아마도 산도라지를 캐는 날이 그녀 수중에 돈이 조금 들어오는 날이었을 것이다. 그 돈으로 아이들의 양말도 사고 옷도 사고 공책 같은 것들도 사 주었을 것이다.

　그녀는 '슬픈 사슴' 처럼 말이 없었다. 언제나 움직이고 있었지만 그 움직임이 부산스럽거나 자발스럽지도 않았다. 있으면서도 없는 것 같은 사람이었다. 그녀의 아이들 역시 말이 없었다. 나이 어린 아이들이 작은 방에 고물고물 있고 보면 더러 싸우기도 하고 우는 소리가 나기도 할 텐데, 그런 일은 거의 없었다.

　봄에 진달래나 원추리꽃을 꺾는다고 산에 가면 더러 그녀를 만날 수 있었다. 아니다. 만났다기보다는 발견했다는 표현이 옳을 것이다. 아이들은 그녀를 보고 있었지만 그녀는 아이들을 보고 있지 않았다. 그녀는 언제나 우거진 수풀 속을 무엇인가에 쫓기듯 재게재게 걷고 있었다. 왼쪽 어깨에는 작은 망태가 마치 바람벽의 못에 걸어놓은 것처럼 대롱대롱 매달려 있었고, 오른손에는 끝이 뾰족한 삼각형 모양의 창이 들려 있었다. 걷다가 도라지를 발견하면 잠깐 허리를 숙여 도라지를 캐고 다시 일어서서 또 걸었다.

　나는 한동안 그녀를 유심히 지켜보았다. 평소 말수만 적었던 게 아니라 표정 변화도 거의 없던 사람이었다. 도라지를 발견하고 캘 때의 표정 역시 특별히 달라지는 건 아니었지만, 나는 흐릿하게나마 느낄 수 있었다. 그녀의 얼굴에는 뭐랄까, 도라지에 대한 감사와 작은 기쁨 같은 것이 묻어 있었다.

어쨌든 그때부터 나는 도라지꽃이 피는 계절이면 석탄댁을 생각했던 것 같다. 물론 해마다 그녀를 생각한 것은 아니었다. 도라지꽃이야 매년 때가 되면 마땅히 그래야 한다는 듯이 피지만 내 마음은 매년 같지는 않았다. 어떤 해에는 도라지꽃이 눈에 보이고 어떤 해에는 전혀 의식조차 못한 채로 지나가기도 했다. 종합해 보면 아마 도라지꽃을 발견하고 그녀를 떠올린 햇수보다 그렇지 않은 햇수가 훨씬 많았을 것이다. 그런데도 나는 도라지꽃이 피는 계절이면 으레 석탄댁이 생각났던 것처럼 여겨지는 이유가 뭘까?

　이것은 무슨 착각이라거나 혼선이라기보다는 아마 도라지꽃과 석탄댁의 중첩된 이미지가 내게 안겨준 어떤 충격 때문이라고 보는 게 옳을 것이다. 이렇다 할 무슨 향기가 있는 것도 아니고 화려하거나 요란하지도 않은 도라지꽃과, 있으면서도 없는 듯 그러나 온화한 표정으로 도라지를 찾아 숲을 헤매고 있는 석탄댁, 그리고 울며불며 시끄럽게 떠들어야 할 어린 나이에도 늘 조용했던 그녀의 아이들에 관한 기억이 충격으로 여겨진다는 것은 사실 형용모순이다. 굳이 비유를 하자면 전쟁터에서 죽은 백 명의 군인보다는 아무 이유도 없이 죽은 한 소녀의 시체에 관한 기억이 더욱 끔찍하게 오래 남는 이치와 같다고나 할까.

"엄마, 혹시 석탄댁 알아, 기억나?"

도라지꽃도 막바지에 이른 여름의 무더운 오후에 불현듯 그 생각이 났다. 어머니는 그때 바지를 두 개나 입고 그 위에 또 팬티를 입으려는 중이었다. 팬티를 바지 위에 억지로 입는다기보다는 아예 끼어 넣으려고 안간힘을 다하는 어머니를 물끄러미 쳐다보며 눈물을 삼키고 있던 내 입에서 불현듯 그런 소리가 나왔다. 그러자 어머니는 놀랍게도 대뜸 반말로 대답하셨다.

"아이, 알지 그럼, 모를까."

방금 전까지도 아들을 오빠로 여기고 그랬어요, 저랬어요, 하던 어머니가 석탄댁을 떠올리는 순간 아들을 오빠가 아닌 아들로 제대로 보게 된 것이다. 아 그래, 치매란 원래 먼 기억을 많이 간직하고 있다지 아마? 그래, 그렇겠다. 오늘은 석탄댁을 소재로 어머니와 한 차례 공연을 해야겠다.

아무 쓸데없이 걸쳐놓은 바지 위의 팬티를 벗겨낸 다음, 바지 하나도 마저 벗겨낸 뒤 칠부바지 하나만 입힌 채 어머니 손을 잡고 마당의 방죽가 원두막으로 나갔다. 어머니는 그새 또 석탄댁은 잊어버리고 "아 팬티를 입어야는디, 입어야는디" 하고 자꾸 뒤를 돌아보고 있었지만, 원두막에 도착해서 마루를 발견하고는 이내 "뭔 개가 참, 이쁘기도 하다, 이쁘기도 하다" 하고 몇 번이나 감탄한다. 그러다가는 아들이 옆에서 석탄댁 얘기를 꺼내자마자 또 금방 마루는 잊어버리고 그 이야기에 몰입한다.

"징허게도 가난했어. 남의 집 험한 일은 다 하고 다녔고."

"왜 그렇게 움막 한 채도 없이 가난했던 거여?"

"아 가난형게 가난했제."

어머니는 갑자기 언성을 높였다. 그 높은 언성에는 어머니 특유의 연민이 묻어나고 있었다. 고개를 살짝 숙인 채 마루를 쳐다보는 어머니의 눈에 이슬이 방울 거렸다. 건들면 그대로 툭, 떨어질 것 같았다. 잠깐 숨을 돌렸다가 다시 시작하기로 했다.

"가난하니까 가난했다는 게 뭐여, 그런 소리 말고. 제대로 좀 얘기해 봐요."

"남의 논에 버려진 이삭도 꼭 허락을 받고 들어갔던 사람이여. 말은 없어도 정은 또 얼매나 많았다고."

"그러니깐 너무 정직해서, 그리고 또 정이 많아서, 그래서 가난했다는 얘기가 되는 거네?"

"폐병인가 머신가, 그 집 서방이, 십 년도 넘게 누워서 피만 토해내고, 징허게도 똑똑헌 남자였는디, 송산양반이랑 같이, 두 사람뿐이었어. 남자는."

"남자가 두 사람뿐이었다고? 그건 또 뭔 소리여?"

"아 똑똑했당게."

"아아, 똑똑한 남자가 그 두 사람뿐이었다고? 우리 마을에?"

석탄양반이 똑똑했다는 것은 처음 듣는 얘기였다. 송산양반이 똑똑했다는 것은 예전에 가끔 들어서 알고 있었다. 육이오 사변 직후 고창 모양성 인근에서 군경에 의해 총살당한 남자였다. 마을 사람들도 모두 알고 그 댁의 가족들도 대부분 알고 있었지만, 총살당한 송산양반의 모친만은 이 사실을 모른 채 이십 년도 넘게 아들을 기다리다 안타깝게도 돌아가셨다.

"그럼 석탄양반도 빨치산인가, 좌익인가, 하여튼 그거 했던 양반인가?"

"아이 몰러, 내가 으찌케 알어."

"똑똑했다면서?"

"똑똑했어."

"그럼 죽은 거여?"

"폐병인가 뭣인가."

"하여튼 우리집 정지방에 살 때는 안 죽었었지?"

어머니는 감나무에서 깍깍거리는 까치를 찾아보고 있는 눈치였다. 아들이 옆에서 뭐라고 하건 이제 더 이상 안 듣겠다는 것인지, 실제로 안 들리는 것인지 알 수는 없지만 어쨌든 어머니의 관심은 이제 석탄댁이 아니라 까치에 쏠려 있었다.

문득 김용택 시인이 생각났다. 그가 그토록 초등학교 이 학년 담임만을 고집했던 이유는 그 또래의 아이들이 무엇을 보건 듣건 금방금방 잊어버리고 다른 것으로 향하는 그 넘치는 에너지 때문이었다지 아마?

시인의 서정이야 그렇다 하더라도, 어쨌든 나는 석탄댁이 지금 어디에서 어떻게 살고 있는지 궁금하다. 보고 싶기도 하다. 그리고 이 무더운 계절에 그들을 생각하며 잠시나마 더위를 잊게 해준 도라지꽃에게 하나의 꽃말을 붙여보고 싶다. '정직해서 가난했던, 떳떳했던 그리움' 이라고.

여름 어느 날 잠시 더위를
잊게 해준 도라지꽃에게
꽃말 하나를 붙여본다.
'정직해서 가난했던,
떳떳했던 그리움'이라고.

속이 텅 빈 호두알

　　　　　　　　　이즈음의 어머니는 속이 텅 빈 호두 같다. 호두를 볼 때면 어머니의 얼굴이 겹쳐지고, 어머니의 얼굴을 보고 있노라면 다시 호두의 메마른 주름들이 겹쳐진다. 작년 이즈음만 해도 화색이 돌던 어머니의 얼굴이 언제 이렇게 되어 버렸을까? 새삼스레 묻고 있는 나 자신을 어리석다고 한다면 누구 웃어주는 사람이 있을까.

　그래, 큰소리로 웃어주는 사람이 있었으면 좋겠다. 연민이 가득한 시선으로 얼굴에 살짝 주름을 잡는 쓸쓸한 웃음은 사양하련다. 내가 미처 발견하지 못한 어떤 것을 발견해서 "이것 봐라, 이것 봐." 그렇게 소리를 질러대며 칼칼칼 웃어주는 사람이 있었으면 좋겠다. "아유 어쩌나", 하는 소리는 이제 듣고 싶지 않다. "아이고 어찌까, 집이가 고생이요", 하는 말씀도 이제는 아무 위로가 되지 않는다.

한때는 그런 소리가, 그런 위로의 말씀이 내게 일정 부분 힘을 실어주기도 했다. 늙고 병들어 아무 데서도 환영받지 못하는 어머니와 함께 산다는 것은 이렇게도 칭찬받을 만한 일이구나, 하는 그런 엉뚱한 자부심마저 있었다.

엉거주춤한 자세로 선 채 오줌을 벌벌 싸는 어머니에게서 나는 어린 시절의 나를 본다. 어머니는 그 시절에 바짓가랑이 사이로 오줌을 벌벌 흘리는 아들을 보면서 결코 외면하지 않았다고 나는 기억한다. "아이고 써글놈아" 소리는 나왔던 것 같다. 그러나 그 것은 외면이 아니었다. 적극적인 포옹이었다. 그런데 나는 선 채로 바짓가랑이 사이로 오줌을 흘리는 어머니를 발견한 순간 나도 모르게 외면을 한다. 그렇게 외면의 과정을 거친 뒤에서야 겨우 수습을 하고 나선다.

살고 있는 듯이 죽을 수만 있다면 얼마나 좋을까. 이것은 비교적 건강하셨을 적에 어머니의 소원이었다. 중증치매 선고를 받은 이후 어머니의 소원은 어디론가 숨어버렸다. 아무런 바람도, 소원도 없이 아들을 오빠라고 부르며 밥 먹자고 하면 고개를 끄덕거리고, 목욕 하자고 하면 또 고개를 끄덕거리는 어머니.

개수로만 보자면 몇 포기 되지도 않는 고구마 밭에 고구마순이 무성하다. 고구마순을 한 바구니 뜯어다가 원두막에 쏟아놓고 어머니더러 껍질을 벗기자고 했더니 마지못해 하는 표정으로 손을 내민다.

작년 이즈음만 해도 어머니는 무엇이든 일거리를 만나면 끝을 볼 때까지 손을 놓지 않으려 했다. 쉬었다가 나중에 다시 하자고 하면 "어느 미친년이 일 놔두고 쉬는 법도 있냐"고 나무라던 어머니였다. 그런 어머니가 지금은 한 시간도 안 되어 슬그머니 자리에 눕거나 일 자체를 잊어버린 채 그냥 무연히 앉아만 계신다.

"어매, 고구마순이 좋기도 하네."

고추밭에 고추를 따러 가시던 이웃집 할머니가 잠시 들르셨다.

"주인아저씨가 허라고 안 허요."

어머니가 느닷없이 그러신다. 이웃집 할머니는 영문을 몰라서 한참이나 멍, 하고 있다가 나를 보고, 이어서 어머니를 보며 대답이 궁금하다는 투로 한 마디 질문을 하신다.

"주인아저씨가 누구다요?"

"있어라. 우리 주인아저씨, 언능 가시오 잉. 나 일해야 헝께."

얼마 전까지만 해도 어머니의 '오빠'였던 나는 이제 그렇게 '주인아저씨'가 되었다. 그런데 그 주인아저씨가 어머니에게는 아마무척 악독한가보다. 틈만 나면 부려먹으려고 하면서 밥도 잘 안주고 아마 그런 모양이다. 그래서 그렇게 얼른 일해야 한다고, 찾아온 손님 따위 하나도 반가울 이유 없으니 어서 돌아가라고 하신것이겠지만, 그러나 어머니는 이웃집 할머니가 마당을 채 빠져나가기도 전에 벌써 당신의 일거리를 잊어버렸다.

이웃집 할머니를 사립문까지 배웅하고 돌아오니 어머니는 그새모로 누운 채로 잠들어 있었다. 잠든 어머니를 한참 보다가 방으로 돌아왔다. 영화 생각이 났다. 비디오테이프를 돌리기 전에 커피도 한 잔 끓였다. 무더운 날씨에 뜨거운 커피만큼 나를 차분하게 해주는 것도 없지, 어쩌고 중얼거리며 자리에 앉았다. 자리에 앉아서 십 분이나 지났을까. 어머니가 잠든 원두막 쪽에서 갑자기쿵, 소리가 들린다.

어떻게 일어서서 어떻게 뛰쳐나갔는지는 기억도 나지 않는다. 하여튼 뛰쳐나가다가 댓돌에 발을 헛디뎌 달깍 엎어지고 말았다. 엎어진 채로 고개를 들어 원두막을 보는데 세상에, 도대체 저게무슨 자세란 말인가. 도무지 믿기지 않아 한참을 그렇게 엎어진 채로 보고 있었다.

잠결에 문득 소변이라도 마려웠던 것일까. 언제 원두막을 빠져 나왔는지 어머니가 화분 속에 머리를 박고 엉덩이를 하늘 쪽으로 치켜든 채 오른손으로 마치 구조신호라도 보내듯이 까딱 까딱 하고 계시는 거였다.

처음에는 어머니가 무슨 엉뚱한 생각이 발동해서 장난을 하시는가 하는 생각도 잠깐 들었다. 때문에 뭐예요, 왜 그래, 소리를 내며 달려가면서도 그렇게까지 화급한 마음은 아니었다. 설령 장난이 아니라 해도, 화분 속의 무슨 풀이라도 뽑다가 순간적으로 넘어진 정도려니 하는 마음이었다. 그런데 아니었다. 사태를 수습한 뒤에야 되짚어보니 그 순간의 어머니는 생사의 갈림길에서 소리 없는 비명을 지르고 계셨던 것이다.

화분은 딱딱한 관목이나 선인장 종류가 아닌, 사랑초라는 이름의 연약한 식물이 심어진 것이어서 어머니의 얼굴이나 머리에 상처는 나지 않았다. 하지만 연약한 식물이기에 사람의 얼굴이 덮치면 흙과 바로 밀착될 수 있었고, 때문에 어머니는 눈이며 입이며 코가 흙 속에 파묻은 채로 필사적으로 구조요청을 하고 있었던 것이다.

도대체 사람의 신체 기관에서 무슨 에너지가 어떻게 빠져나가면 이렇게까지 아무 힘도 쓸 수가 없는 것일까. 서서 걷고자 하면 다리가 덜덜 떨리고, 앉아 있고자 하면 허리에 힘이 없어 누워야만 한다. 그런 육체가 머리부터 땅에 닿았으니, 엉덩이가 하늘 쪽으로 치솟았으니, 나도 모르고 어머니 당신도 모르는 무슨 법칙에 의해 꼼짝도 할 수가 없게 된 것이다. 내가 만일 집에 없었다면, 아니 조금만 더 늦게 나갔더라면, 어머니는 어떻게 되었을까. 기가 막히고 어이가 없어서 우두커니 서 있는데 어머니가 상기된 표정으로 한 마디 하신다.

"아이고, 참말로, 고맙소. 이 고마운 공을 으뜨케 갚아야 쓸꺼라."

옆에서 일으켜주지 않았다면 그대로 죽었을 텐데 '주인아저씨'가 일으켜준 덕택에 살아났으니 고맙다는, 아마도 그런 뜻인 모양이다. 그렇게 연거푸 고마워하는 어머니를 일으켜 세워 목욕탕으로 향했다. 목욕을 끝내고 나자 어머니는 이내 잠이 들었다. 잠든 어머니의 얼굴을 보고 있노라니 또 다시 호두가 눈앞에서 어른거린다. 어머니와 호두, 호두와 어머니. 닮았는가? 정말로?

집 한 채 사기로 결심하고 이것 저것 닥치는 대로 일을 하던 시절의 어느 즈음 천안 삼거리 부근에 석 달 정도 있었다. 호두가 익어가는 계절이었고, 밭에서 호두를 따는 아주머니의 일손을 잠깐 돕고 호두알 아홉 개만 달라고 해서 얻었다. 왜 아홉 개였는지는 알수 없지만, 하여튼 그것을 깨트려서 먹지 않고 가방에 넣어두었다. 집으로 돌아온 뒤에는 탁자 위에 올려두었다. 그게 벌써 칠 년전의 일이었다. 칠 년이 지나는 동안 세 개는 어디로 갔는지 사라졌고 여섯 개가 남아 있다.

칠 년 전의 호두를 왜 아직까지도 간직하고 있는가는 사실 나도모른다. 하여튼 칠 년 전 그때만 해도 어머니는 팔팔에 육십삼, 팔구 칠십이를 무슨 주문처럼 외우고 다니셨다. 그렇게 하면 치매에안 걸린다는 소리를 누구에게서 들었다는 거였다.

그런 어머니가 어느 하루 실종되었다. 저녁에 사라진 어머니가다음 날 오전 열 시쯤 십 리도 넘는 곳에서 발견되었다. 아마도 저녁에 잠시 집을 나왔다가 방향을 못 잡고 이곳저곳 기웃거리는 동안 그렇게 마치 강물에 떠내려가는 낙엽처럼 십 리도 넘는 곳까지밤새 걷고 있었을 터였다.

그날의 경험이 어머니를 얼마나 놀라게 했는지 어머니는 그 이후 밖으로 나가는 것을 아주 싫어하게 되었다. 그리고 오래지 않아 전기 스위치 작동법을 잊어버렸고, 화장실 문을 항상 열어놓지 않으면 안 될 정도의 중증치매 상태로 접어들고 말았다.

호두는 칠 년 전이나 지금이나 거의 차이를 느끼기 어렵다. 작아지지도 않았고 커지지도 않았다. 색깔에도 변화가 있는 것 같지 않다. 그런데 손으로 들어보면, 확연하게 느껴진다. 속이 텅 비었다는 것을, 누가 말해주지 않아도 대번에 알 수 있다.

껍질이 그렇게도 단단하고, 개미 한 마리는커녕 먼지 한 톨 들어갈 틈도 없이 완벽하게 무장(?)을 하고 있는데도 칠 년 전에 손으로 느낄 수 있었던 무게감을, 알맹이의 존재감을 이제는 느낄 수가 없다. 제법무상이라고 하는 저 완고한 법칙에 의해 스스로를 소멸시키지 않고는 견딜 수가 없었던 것인가?

인생을 소풍에 비유한 천상병 시인의 부인께서 현생을 떠나던 날이었던가. 그 즈음의 어느 날 문득 새벽의 별처럼 머릿속을 관통하는 어떤 생각이 들었다. 이 집을 팔아서 중고 미니버스라도 한 대 살까? 그렇게 버스를 타고 어머니와 함께 팔도강산 구석구석을 다녀볼까?

오래 전부터 그런 비슷한 생각을 해왔다. 이대로 그냥 있을 수는 없지 않은가 하는, 이대로 그냥 지낸다는 것은 결국 어머니의 죽음을 기다리는 것밖에 아니라는, 도무지 말로는 말이 잘 안 되는 생각들이 머릿속을 부유하고 있었다.

떠나야 할 것 같았다. 여기가 아닌 어디로, 거기가 어디인지 알 수는 없지만, 알 수 없기에 더욱 더 이곳을 떠나야 한다는 생각을 지울 수가 없었다. 가만히 생각해보면 내 생애 단 한 번도 어머니와 더불어 소풍 같은 소풍을, 여행 같은 여행을 가본 적이 없다. 이게 뭔가. 이렇게 헤어질 날을 기다리고만 있어도 되는 것인가.

만일 인간에게 정말로 혼魂이라는 것이 있다면, 어머니의 혼과 내 혼이 구천이라는 곳에서 다시 만났을 때 무엇으로 서로를 알아볼 것인가. 아무 공유할 만한 추억도 없이 헤어진다면 무엇으로 전생을 환기하며 "오 네가 너로구나" 할 수 있겠는가 하는, 생각들이 나를 긴장시키고 있었다.

떠난다면 다시는 돌아오지 않는다는 각오가 있어야 할 터이다. 나중에 어찌어찌 해서 다시 돌아오게 된다 해도, 그때는 그때일 뿐이고, 떠나는 당장의 마음속에는 다시 돌아오지 않는다는 전제가 철벽처럼 깔려 있어야 할 터이다. 그러므로 미니버스를 한 대 사기 위해 새로 돈을 벌 생각을 할 것이 아니라 집을 팔아야 하는 것이다. 그래, 그렇게 하자. 공자 같은 뛰어난 현인도 오십 대 중반에 익숙한 울타리를 빠져나와 낯선 방랑에 들었다고 하지 않던가.

이런 생각 저런 생각 온갖 생각들을 벌써 한 달도 넘게 뒤적거리고 있지만, 아직 누구와도 의논해보지 않았다. 동생들은 물론이고 제수씨에게도, 친구에게도, 후배들에게도 조언은 구하지 않고 도깨비처럼 혼자서만 생각에 빠져 있는 것이다. 어쩌면 '미친놈' 소리를 듣고 싶지 않다는 것일 수도 있고, 또 어쩌면 일상의 행복에 빠져 있는 사람들에게 혼란을 주고 싶지 않다는 속 깊은(?) 배려일 수도 있지만, 어느 쪽이 되었건 이제 큰 틀의 생각은 그만하고 구체적인 계획을 세울 때가 된 것 같다.

그런데 이 집이 금방 팔릴까? 금방 안 팔린다 해도 시간은 아직 넉넉하다. 어차피 겨울을 나고 봄에나 출발을 해야 할 테니까. 가을이 내일이고 겨울이 모레인 지금 새로운 출발을 할 수는 없는 일이니까. 봄이 오면 어쩌면 손아귀 안에서 서로 조물조물 부딪히는 속 빈 호두들도 내 손을 떠날지도 모르겠다.

이즈음의 어머니는 속이 텅 빈 호두 같다.
호두를 볼 때면 어머니의 얼굴이 겹쳐지고,
어머니의 얼굴을 보고 있노라면
다시 호두의 메마른 주름들이 겹쳐진다.
속이 텅 비어가는 호두와 같이
어머니와 헤어질 날을
이렇게 기다리고만 있어도 되는 것일까.

고맙습니다
고맙습니다

        가을 냄새를 맡게 되면서부터 어머니의 여행은 다시 시작되었다. 여름 내내 선 채로 오줌을 싼다든가 넘어진 채로 일어서는 방법을 몰라 쩔쩔매는 식으로 아들을 하늘이나 쳐다보게 하던 어머니가 언제부터 다시 웃음소리를 내기 시작했다(정확치는 않지만 아마 추석 이후부터라는 것만은 분명하다). 그러고 보면 이게 또 그렇다. 치매 아니라 별 것이 위협한다 해도 계절의 변화 앞에서 인간의 육체는 어떤 식으로든 반응하게 되어 있는 모양이다. 그렇다고 어머니가 씩씩하게 활보를 한다든가 화장실 출입이 자유스러워졌다는 얘기는 아니다. 눈을 감으면 보인다고 했던가. 어머니의 여행은 눈을 감고 있을 때 이루어진다. 그리고 눈을 뜨면 여행은 끝난다. 밖에 있던 아들이 들어와서 파리를 잡는다고 파리채를 휘두를 때가 어머니의 여행이 끝나는 시간이다.

날씨가 선선해지면서 밖에 있던 파리가 온통 집안으로 들어왔다. 파리들은 식탁을 중심으로 움직이기도 하지만 대개는 어머니의 눈가나 입가, 혹은 팔이며 다리며 드러난 살에 몰려든다. 파리를 때려잡는 내가 너무 야박한 게 아닌가 하는 의문이 들기도 하지만, 보는 순간에는 그저 미워서 때려잡고만 싶어진다. 그렇게 해서 파리 잡는 소리가 딱 딱 들리기 시작하면 어머니가 깜짝 놀라서 눈을 뜨시는데 그 순간의 표정이 뭐라고 할까, 미안하고 또 미안해서 어떻게 해야 좋을지 모르겠다는 꼭 그런 표정이 되고는 한다.

"어매 으쩌께라, 내가 그만 깜빡 잠이 들어버렸어라?"

"먼 소리여?"

"내가 쩌그 어디냐 목포 유달산을 갔다가는 그만 대간해서(피곤해서), 하이고 잠시 다리나 쉬어가려고 앉았는디, 그란디 잠이 들고 말았소야. 미안스러서 어쩌께라."

"긍게 뭘 어쩐다고요."

"긍게 머시냐 쩌그, 한숨만 자고 갔으면 좋겠는디, 괜찮을께라?"

"아니 긍게, 여그서 자고 간다고라? 이 아줌마 좀 보소. 내가 남자요. 아줌마가 남자 혼자 사는 집에 불쑥 들어와서 자고 간다고요?"

"아이고 참말로 긍게 말이요. 내가 미친년이랑게요. 날도 곧 추워질 텐디 먼놈의 영산강을 간다고 집을 나섰다가는 그만."

"아까는 목포 유달산에 갔다면서요."

목포 유달산은 어머니의 오빠가 살던 곳이었다. 그러고 보면 어머니는 오빠에 대한 애정이 각별했던 모양이다. 아니면 너무 일찍 돌아가신 탓에 아쉬움이 크게 남은 것일까. 아무 생각 없이 충동적으로 누이를 찾아왔다가 어린 조카들을 보고는 선물도 없이 찾아온 당신을 타박하며 주머니에서 파카 만년필 한 주를 빼 주시던 외삼촌이었다. 확실히 외삼촌은 너무 일찍 돌아가셨다.

그나저나 내가 일을 하다 말고 안으로 들어온 목적이 뭐였지? 파리를 때려잡자고 들어온 것은 아닐 터이다. 아아, 밥, 그래, 밥이다. 점심을 잊고 있었다. 시간은 벌써 오후 네 시. 점심이라기보다는 차라리 저녁이라고 해야 맞을 것 같다.

돌아보니 알량한 집수리 좀 한다고 어머니를 굶긴 날이 참 많았다. 내게 일중독 비슷한 증세가 있다는 것을 이번에 알았다. 한참 뭔가를 좀 한다고 뚝닥거리다가 문득 생각이 나서 하늘의 해를 보면 항상 저녁에 가까워 있다. 추석 직후에는 먹을 것들이 제법 많이 남아 있어서 금방 어떻게 해결할 수 있었다. 그 많은 먹을 것들이 떨어진 뒤에는 밥 때마다 한숨이 절로 나왔다.

가끔은 낭창낭창하게 잘 익은 홍시 몇 개로 대충 끼니를 때우기도 했다. 작년에는 감을 삼백 개도 넘게 수확을 해서 두 달 이상 어머니의 간식거리가 되어주었는데, 금년에는 막판의 폭우로 죄다 떨어지고 몇 개 안 남은 것마저 까치들이 공격을 해서 일찍 수확해 버렸다. 그것이 가끔 점심 대용이 되는데 그때마다 어머니는 깜짝 놀라서 감탄사를 연발하신다.

"오매 이바지네 이바지여. 먼 홍시가 이렇게도 크다요. 고맙소, 고맙소 야."

"너무 많이 고마워하지 말아요. 밥 못 챙긴 내가 미안해지잖어."

사실 그렇다. 어머니가 고마워하면 할수록 나는 몸 둘 바를 모르게 된다. 그러나 어머니는 거기서도 한 걸음 더 나아가신다. 그 내용이 어찌나 독창적이고 창의적인지 모르는 사람은 아마 웃다가 배꼽이 빠질 것이다.

"아이고 참말로, 이 고마운 것을 으찌케 나 혼자 먹을 것이오. 집이 어머니 깨워서 항꼬 잡숫자고 하시오, 야?"

"어머니요? 우리 어머니를 깨우라고?"

"아따 참말로, 이 좋은 것을 으찌께 나 혼자만 먹을 것이요. 얼른 깨워 오시오, 잉?"

"금매, 그럴께라우? 우리 어머니도 깨워 올께라우?"

"아이 그래야제라. 잠자는 사람 잠잔다고 내버려 두고 먹는 거, 그것 참말로 죄로 가는 것이요 잉? 얼른 깨우시오, 야? 얼르은."

눈곱만큼도, 털끝만큼도 농담이 아니다. 재촉하는 어머니의 마지막 말에는 '아이고 어쩌까, 큰일났네'하는 투의 애달픔마저 절절이 깔려 있다. 이러한 애달픔은 아마도 다른 사람의 눈과 귀에는 보이지 않고 들리지 않을 것이다. 다년간의 동거로 익숙해진 마음이 아니고는 느낄 수 없는 인간사의 내밀한 점액성, '정'이라는 이름으로나 번역이 가능한 이 끈적끈적한 것이 내 가슴을 돌고 돌다가 마침내 쿵 쿵 울리는 북소리로 환원한다.

그나저나 이런 때는 할 말이 막히고 난감하다. 어머니로부터 어머니 깨워오라는 당부를 받았는데 나는 어디 가서 어떤 어머니를 깨워야 하는가. 사랑하는 아내의 죽음 앞에서 북 치고 장구 치며 노래하고 춤을 췄다 해서 후대에 두고두고 여러 가지 말을 낳은 장자莊子의 심중에 들어 있던 것이 무엇이었는가를 이제야 조금은 알 것 같다.

사실 '고맙다'는 말은 어머니의 트레이드마크라 해도 과언이 아
니다. 치매라는 이름의 괴물에게 잡히기 전에도 어머니의 입에는
늘 '고맙다', '감사하다', '이것을 어찌 갚아야 할지 모르겠다' 등
등의 인사말이 붙어 있었다. 그 대상은 남녀노소 성별에 구분이
없었고, 자식에게도 예외는 아니었다.

달라진 것이 있다면 예전에는 아들을 아들로 인식해서 '고맙
다'였지만 지금은 아들을 주인아저씨나 오빠로 인식해서 '고맙습
니다'로 바뀐 정도다. 다른 것은 다 잊어버려도 고마운 마음만은
그 어떤 경우에도 잊어서는 안 된다는 듯 마치 주문이라도 외우듯
이 당신 몸에 앉아 있는 파리 한 마리만 잡아도 "아이고 나는 알지
도 못한 파리를 잡았네, 고맙습니다" 하시는 거다.

어머니의 입에서 고맙다는 말이 가장 많이 나오는 경우를 들자
면 아무래도 목욕을 하기 전후일 것이다. 금년 봄까지만 해도 목
욕통에 물을 받아놓고 "목욕합시다" 하면 약간의 시행착오는 있
어도 당신 스스로 옷을 벗고 들어가고 끝난 뒤에도 역시 당신 스
스로 몸을 닦은 뒤에 옷을 입곤 했지만 이즈음은 그게 거의 불가

능해지고 말았다.

옷을 벗고자 하면 한쪽 팔을 위로 올려야 할 때 아래로 내리거나 아래로 내려야 할 때 위로 치켜든 채로 다른 한쪽 팔을 움직이는 까닭에 마치 실타래가 엉키듯 이상하게 꼬인 자세가 되어 꼼짝을 못하고, 옷을 입을 때는 바짓가랑이 하나에 다리 두 개를 다 넣으려고 안간힘을 쓴다거나 팬티를 허벅지에 걸친 채로 바지를 입으려다 넘어져서 혀를 물리거나 코피를 흘리기 일쑤였다.

그렇다고 아무 때나 달려들어 거들기도 어렵다. 아무 때나 달려들면 어머니는 즉각 "내가 할게요" 하고 뿌리치거나 "나도 할 줄 안당게요" 하면서 돌아앉아 버리기 때문이다. 순간포착을 잘해서 아주 적절한 시기에 안 하는 듯이 슬쩍 한 번 손을 보태면 어머니의 입에서 "아이고 고맙소" 하는 소리가 나오지만, 순간포착을 잘 못하면 어머니의 자존심만 훼손하고 마는 것이다.

이것만으로도 어머니가 지금 달아나는 당신의 정신을 붙잡고자 얼마나 노력을 하고 있는가를 알 수 있는 일이지만, 어쨌거나 그런 와중에서도 나는 속옷만은 가능한 한 손을 대지 않으려고 애를 써 왔다. 손을 댄다 해도 어머니의 손을 잡아서 속옷의 현재 상태가 어떠어떠하니 어떻게 하라는 정도에서 해결을 보곤 했다. 그런데 이제는 그렇게는 어렵게 됐다.

목욕을 끝내고 몸을 닦은 뒤에 언제나처럼 방바닥에 옷가지들을 전시라도 하듯이 식별이 잘 되도록 좌악 늘어놓고 "여그 앉아서 옷 입으시오, 잉?" 하고 싱크대 앞으로 가서 설거지를 끝내고 커피나 한 잔 마실까 생각 중인데 갑자기 "아이고, 나 좀, 나 좀 으찌케 해주시오, 야?" 하는 소리가 들렸다.

어머니가 삼각팬티의 통로 셋 가운데 하나는 버려둔 채 두 개만을 활용해서 다리 두 개를 한꺼번에 넣은 모양이다. 그것조차도 한 번에 넣은 것이 아니라 한쪽을 넣은 뒤에 팬티를 한 번 꼬아서 다른 쪽 다리를 넣은 탓에 완전히 무슨 쇠고랑이라도 찬 형국이 되어 있었다. 그런 채로 어떻게 일어설 수 있었는지 하여튼 일어서서는 두 손으로 문고리를 붙잡고 넘어지지 않으려고 안간힘을 다하고 있는 것이다.

이렇게 해서 어머니와 나 사이에 새로운 경험 하나가 추가되었다. 그랬다. 어머니의 팬티를 아들이 직접 입혀드리는 일이 전에는 없었지만 이제 시작되고 있었다. 어머니에게도 아마 그런 경험은 처음이라는 인식이 어렴풋이나마 있었던 것인지 그 어느 때 어떤 경우보다도 감격적인 목소리로 "고맙습니다, 고맙습니다" 하신다.

"고맙소, 고맙소, 참말로 고맙소."

"아이 참, 그만 좀 고마워 해에."

"아니제라우. 고마운 일이제라우. 시상에 누가 나한티 빤스를 다 입혀줄 것이요, 고맙습니다. 참말로 고맙습니다."

고맙다고 연거푸 말씀하시는 어머니의 그 '고마움'이 내 살가죽을 뚫고 살을 뚫고 뼈를 뚫어서 마침내 영혼마저 뚫어 버린 것일까. 갑자기 고개가 숙여졌다. 숙인 채로 다시는 고개를 들지 못할 것 같았다. 이렇게도 부끄러웠던 마음이 예전에도 있었나 싶다. 안도현 시인이 '연탄재'라는 시에서 "너는 누구에게 한 번이라도 뜨거운 사람이었느냐"고 쓴 것처럼, 나는 한 번이라도 누구에게 진정성 가득한 마음으로 고맙다고 말한 적이 있었는지, 통절하게 묻지 않을 수가 없었다.

사람이 세상을 살면서 어찌 고마워해야 할 일이 없겠는가. 무수하게도 많을 것이다. 그때마다 의례적으로 그저 간단하게 감사합니다, 정도에서 해야 할 일 다 했다는 듯 이내 잊어버리곤 해 왔을 것이다. 정말로, 정말로 이즈음은 내가 사람이라는 것이 고맙다. 어머니가 내 곁에 계시다는 사실이 또한 고맙다.

저 가슴 속 깊고 깊은 곳에서 한 마디 꺼내어 어머니께 올려본다.

"고맙습니다 …
또 고맙습니다…
어. 머. 니…"

올해는 폭우와 까치들의
공격으로 감 수확이 부쩍 줄었다.
단풍 가득 가을 냄새를 맡으며
어머니의 여행은 다시 시작되었다.

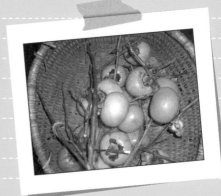